LES PRUSSIENS A MELUN

1870-1871

NOTES QUOTIDIENNES

Prises pendant le séjour et durant l'occupation
de la ville de Melun,

Par **JULLIOT**.

SOUVENIRS

DU

SÉJOUR DES PRUSSIENS A MELUN

du 15 Septembre 1870 au 9 Septembre 1871.

MELUN, TYPOGRAPHIE A. HÉRISÉ,

Rue de Bourgogne, 23.

—

1872.

LES PRUSSIENS A MELUN

1870-1871.

Par suite de la coupable déclaration de guerre de la France à la Prusse, nos provinces de l'Est ne tardèrent pas à être envahies par l'ennemi, la France n'étant nullement préparée et ne pouvant, malgré la bravoure de son armée (environ 350,000 hommes), soutenir le choc de plus de 1,200,000 Prussiens.

Aussi avons-nous vu successivement défaite sur défaite, désastres et ruine d'une partie de notre pays.

Les premiers jours de septembre ont vu s'écrouler l'Empire, après la malheureuse affaire de Sedan, et le nouveau gouvernement de la République s'établir. Mais déjà ce gouvernement était impuissant pour empêcher l'investissement de la capitale et s'opposer au progrès de l'invasion de l'ennemi.

C'est ainsi qu'à l'approche des Prussiens dans nos parages, j'ai résolu de noter quotidiennement et sans prétention aucune les faits principaux et vrais, se rattachant particulièrement à la guerre et dont Melun devait être le théâtre.

J'exprime ici toute ma gratitude à M. Drouin, greffier en chef du tribunal civil de Melun, pour le bienveillant concours qu'il m'a prêté et grâce auquel j'ai pu reproduire diverses notes, et particulièrement plusieurs documents officiels concernant les réquisitions et contributions dont notre cité a été imposée pendant près d'une année par l'armée ennemie.

SEPTEMBRE 1870.

9. — Une compagnie de francs-tireurs, au nombre de 75 ou 80 (bataillon des Girondins), fait son apparition en ville par l'avenue du chemin de fer.

A huit heures du soir, arrive un régiment de marche de dragons.

10. — Deux heures du matin. Une colonne de 1,500 francs-tireurs pénètre aussi dans la ville en chantant la *Marseillaise*.

L'agglomération de toutes ces troupes dans notre cité rend très-difficile la circulation dans les rues.

Les francs-tireurs enlèvent les bustes servant à la décoration des salles de la Mairie et du Palais-de-Justice ; ces plâtres, représentant l'effigie de Napoléon III, sont aussitôt brisés et jetés à la Seine.

A dix heures, ils enlèvent, à l'aide de leurs armes, les écussons et médailles impériales fixés aux devantures de plusieurs magasins et détachent les panonceaux d'un notaire.

Un établissement de limonadier est par eux fermé d'office (de futiles raisons ont déterminé cette mesure rigoureuse). Deux factionnaires sont à la porte de cette maison, avec ordre de faire justice sommaire à quiconque tenterait de l'ouvrir.

11. — Les Girondins se dirigent partie sur Rozoy, partie sur Montereau-faut-Yonne ; les 1,500 francs-tireurs dits Parisiens se dispersent dans les environs de Melun. Quelques-uns seulement restent en ville.

Le régiment de marche de dragons va en reconnaissance sur la direction de Montereau et Nangis.

On apprend qu'à l'approche des troupes ennemies, la ville de Laon a fait sauter sa citadelle.

A la gare de Melun, des créneaux et des ouvrages de défense sont établis par des francs-tireurs, sous la direction d'un commandant du génie. On craint avec raison que la ville n'ait à souffrir de ces dispositions de défense.

Midi. Trois escadrons de dragons français, partis ce matin, rentrent et campent sur le boulevard Chamblain.

On dit que l'ennemi est à Rebais et Coulommiers.

3 heures 1/2. 1,500 mobiles arrivent de Fontainebleau ; au même instant, les 1,500 mobiles de Melun partent pour Paris et se rencontrent avenue Saint-Ambroise. Tableau émouvant

en cet endroit. Parents, amis, échangent poignées de main et embrassades ; de toutes parts on se souhaitait courage, bonne chance, etc. Ce tableau remuait l'âme : on était heureux de voir l'entrain de ces 3,000 enfants de Seine-et-Marne, à peine équipés, mais bien disposés à marcher résolûment à l'ennemi.

4 heures. Une colonne de 450 ou 500 dragons de marche entre en ville et se dirige vers le quartier.

12. — De six à sept heures du matin, tous nos dragons se portent sur Corbeil.

A neuf heures, les 1,500 mobiles arrivés la veille de Fontainebleau partent aussi pour Paris.

Dans la journée, plusieurs détonations se font entendre. On sait bientôt que ce sont les ponts de Chartrettes et de Sainte-Assise qui viennent de sauter par ordre de l'administration de la guerre.

A deux heures, on annonce à son de caisse qu'un ordre ministériel prescrit de couper avant sept heures du soir le pont de bois, mais le Conseil municipal décide que cette opération ne sera faite qu'à la dernière extrémité et à l'approche même de l'ennemi.

Cette nouvelle fut un coup de foudre pour les habitants des campagnes du canton nord, lesquels, une fois ce pont abattu, ne voyaient plus le moyen de fuir facilement vers le sud. Or l'ennemi se rapprochait de chez eux. Aussi, à partir de ce moment, voit-on un nombre considérable d'émigrants. C'est quelque chose de pénible que les départs précipités de toutes ces familles affolées de douleur, la plupart emmenant leur bétail. On estime que plus de trois mille voitures ou charrettes venant en partie de la Brie sont passées depuis 24 heures sur l'avenue du chemin de fer.

10 heures du soir. Il ne reste plus un seul soldat en ville.

Deux dépêches successives de Paris donnent encore l'ordre formel, cette fois, d'en finir avec le pont de bois.

Tout le matériel des archives et des papiers de la Préfecture est parti en fourgon sur Nemours ; le personnel de la Préfecture est encore ici.

On ne compte pas moins de 500 ménages partis de la ville à l'approche de l'ennemi. Beaucoup de maisons fermées. Les boutiques de bijoutiers, nouveautés, lingerie, etc., sont dégarnies. Un silence général règne dans les rues. On attend l'ennemi. Le sujet de toutes les conversations est l'état de la marche des armées prussiennes, et chacun se demande comment nous serons traités. On craint une occupation à domicile et des contributions de guerre frisant le pillage.

13. — Dès quatre heures du matin, les ouvriers sont à l'œuvre pour la destruction d'une partie du pont de bois ; à dix heures, la partie coupée tombe dans la Seine ; une ouverture béante interdit désormais tout passage. (Il ne reste plus sur l'ancien pont en construction qu'une passerelle en bois pour les piétons.)

Par les soins de l'entrepreneur de charpente, M. Mangane, et de l'Ingénieur en chef, M. Marx, aucun accident n'est survenu dans cette opération aussi habilement que promptement exécutée.

Au même instant une alerte a lieu en ville au sujet des prisonniers de la Maison centrale ; à la nouvelle que nous ne possédons plus de garnison, ils profitent de l'absence de toute force armée pour tenter une révolte. Au premier appel, la garde nationale de Melun ainsi que celle du Mée prennent les armes pour la répression de ces premiers désordres, et quelques instants après la tranquillité était rétablie dans la Maison centrale de détention. Ce n'est cependant qu'à la troisième sommation que les rebelles avaient consenti à rentrer dans l'ordre.

On annonce l'ennemi à Provins, à Nangis et à Guignes.

14. — Les Prussiens sont, dit-on, à Nangis et se dirigent sur Mormant.

Les francs-tireurs parisiens rentrent dans nos murs après avoir séjourné à Fontainebleau, Moret et Montereau-faut-Yonne.

D'abord embusqués à l'entrée sud de la ville, ils s'en éloignent pour aller dans les bois de Rubelles y attendre les premiers uhlans qui doivent arriver par là.

Toutes les communications n'existent plus directement avec Paris. On dit que la ligne de Lyon a été coupée à Villeneuve-Saint-Georges par l'armée prussienne. Le courrier n'est pas arrivé ce matin, mais la poste promet que les lettres viendront dans l'après-midi par Essonnes (ligne de Corbeil), où un courrier à cheval doit aller les prendre.

Deux voyageurs, arrivés à onze heures de Nangis, racontent que les uhlans ont paru dans cette localité et ont fait des réquisitions de vin et de cigares : l'armée campe aux portes de cette ville.

Les officiers sont convenables, parlent français et maintiennent la discipline, mais la soldatesque est sans pitié pour tout ce qu'elle trouve : munitions, vivres, linge, et même argenterie et numéraire, elle s'empare de tout. Les villages surtout sont abominablement ravagés.

Les gardes nationaux de plusieurs communes des environs de Melun ont renvoyé leurs fusils, et les Maires sont venus déclarer au Préfet que personne ne résisterait. Il n'y a, du reste, pas un homme de troupe et pas une cartouche nulle part, et, à Melun même, les 1,100 hommes de garde nationale ne pourront absolument rien faire puisqu'ils n'ont pas de munitions de guerre.

Le Préfet et son personnel quittent Melun.

15. — Sept heures du matin. A l'approche de l'ennemi, les francs-tireurs, commandés par la Cécilia, persistent et s'obstinent, malgré les observations du Maire et de son premier adjoint, à rester embusqués dans l'intérieur de la ville et particulièrement dans l'établissement du collège. Il fallut toute l'énergie de ces deux administrateurs, auxquels les menaces de mort étaient prodiguées, pour faire déguerpir ces hommes animés sans doute des meilleures intentions pour empêcher l'entrée chez nous des premiers ennemis, mais dont la présence en cet endroit ne pouvait qu'être très-préjudiciable à la cité.

On apprend que des uhlans s'approchent de Melun.

A dix heures du matin, un premier engagement a lieu avec

quelques cavaliers ennemis, dont deux seulement furent blessés et faits prisonniers. 76 francs-tireurs se trouvaient sur le lieu de l'action. Ils se seraient, dit-on, trop précipités, c'est-à-dire qu'ils auraient à tort tiré sur les deux premiers éclaireurs, sans attendre le gros de la troupe qui se trouvait à 250 ou 300 mètres en arrière et qui s'est empressé de se replier aux premières décharges des nôtres. Les deux blessés, après un pansement provisoire dans un pensionnat de la ville (Mlles Engerser), sont conduits à l'Hôtel-Dieu, et leurs chevaux dans une écurie particulière, rue de l'Eperon. L'un de ces chevaux a reçu une balle dans le cou, et l'autre aussi un projectile dans le train de derrière.

Quelques francs-tireurs rentrent fièrement avec des débris d'équipement des uhlans ; l'un avait une épaulette plate en cuivre à écaille fixée au bout de son fusil, un autre une giberne, un débris de lance, etc.

Il n'y a plus à douter de l'arrivée de l'ennemi chez nous.

En effet, à trois heures, un détachement composé de dix-sept uhlans, commandés par un officier, fait son entrée en ville par le faubourg du Palais-de-Justice, au pas et l'arme au poing.

A l'Hôtel-de-Ville, cet officier demande à parlementer avec M. le Maire ; celui-ci répond : qu'il ne lui reconnaît pas qualité pour cela et qu'il n'entendra de propositions que d'un officier supérieur à la tête d'un chiffre important de troupes.

Peu satisfait de cette réponse, l'officier rejoint son peloton qui se tient à proximité sur la défensive, le pistolet armé, et tous partent au trot par où ils étaient arrivés, après avoir annoncé toutefois qu'ils reviendraient vers la soirée avec mille chevaux, deux mille hommes et seize batteries d'artillerie.

A la suite de cette première et pénible visite de l'ennemi dans notre ville, la population entière est dans la plus grande émotion.

Le Conseil municipal s'assemble au grand complet dans la salle des délibérations. A 6 heures, personne n'était venu.

A 8 heures, arrive le courrier. Depuis 48 heures que nous étions sans nouvelles, on peut juger avec quelle fureur on se

impr. Machu.-Durand succr. a Melun

ARRIVÉE DES 1ers UHLANS A MELUN

jette sur les journaux. Le *Gaulois* annonce que le bombardement de Strasbourg continue d'une manière épouvantable.

Le chemin de fer étant coupé sur plusieurs endroits, on annonce qu'il n'y aura plus qu'un seul départ par jour pour la poste et que le service se fera dorénavant par les voitures, si faire se peut.

16. — Trois heures du matin. Une avant-garde composée d'environ 100 hommes du bataillon de francs-tireurs parisiens fait son entrée en ville par la barrière de Fontainebleau ; après divers renseignements et informations au sujet de la première visite des Prussiens chez nous, l'officier dit que son bataillon arrivera ici dans deux heures. En effet, à cinq heures, les 1,400 autres tirailleurs entrent en ville. Ils commencent par faire à tort, je crois, des préparatifs de défense dans l'intérieur de la caserne de cavalerie, renversent ensuite plusieurs charrettes en tête du pont de fer en construction (sud) pour y construire là une barricade, coupent quelques petits marronniers décorant le quai, et détruisent en partie la petite passerelle, seule issue que nous possédons aujourd'hui pour traverser la Seine, se portent aux premier et deuxième étages des maisons des quais, établissent une barricade en tête du pont aux Fruits, et répandent du verre cassé sur ce pont pour en défendre l'accès à la cavalerie ennemie.

Alors trois compagnies de francs-tireurs vont au-devant de l'ennemi, sur la route de Rubelles ; là, en effet, quelques coups de feu sont échangés ; plusieurs uhlans y sont blessés : l'un d'entre eux, grand et fort gaillard, est fait prisonnier.

Dans la matinée, dix ou douze coups de canon furent entendus dans la direction du faubourg Saint-Liesne.

Vers une heure et à l'approche de l'ennemi, les francs-tireurs se replient sur Melun, traversent les ponts et se dirigent sur le canton sud.

Presque aussitôt deux dragons verts descendent au galop la rue du Palais-de-Justice, le pistolet au poing, arrivent jusqu'au pont aux Fruits où ils durent rétrograder à cause du verre pilé qui était répandu à profusion en cet endroit, et vont rejoindre leurs détachements qui descendent lentement en ville. Un officier se dirige à l'Hôtel-Dieu où il prend des informations au sujet des blessés prussiens qui s'y trouvaient, et déclare être satisfait des bons soins qui leur étaient donnés. Ce même officier descend bientôt à l'Hôtel-de-Ville en compagnie de 25 dragons bavarois, et réquisitionna 250 kilogrammes de pain, 500 bouteilles de vin, des saucisses crues pour 400 hommes, 600 cigares à 05 et 100 cigares à 15 centimes.

Il emmène lui-même ce convoi de vivres à ses troupes qui sont campées dans la plaine.

A trois heures, une colonne d'environ deux cents uhlans et artilleurs (deux pièces de canon) entre en ville, y fait une deuxième réquisition de pain, vin, viande, café et eau-de-vie, et se dirige ensuite vers Corbeil.

A cinq heures, il entre encore huit cents hommes d'infanterie qui doivent séjourner ici. On dit que tous ces étrangers sont autant de Bavarois. L'état-major de ces troupes descend à l'hôtel du Grand-Monarque. — Alors, troisième réquisition à la ville de 1,200 kilogrammes de pain, saucisses en conséquence, 400 bouteilles de vin ordinaire, 100 bouteilles (extra), 12 kilogr. de café brûlé en grain, 6 pains de sucre, du tabac pour les soldats, et 400 cigares à 25 centimes pour les officiers.

Ils promettent l'ordre et la tranquillité; font couper le chemin de fer et se promettent de faire rétablir le pont en bois et les communications entre les deux rives.

On leur explique qu'il y a une garde nationale nécessaire à la défense de l'ordre et au service de la prison.

A neuf heures, ils sonnent la retraite ou couvre-feu; à dix heures, grand calme en ville.

17. — 1 heure du matin. On entend une musique militaire d'infanterie, c'est l'arrivée d'environ quatre mille Prussiens qui ne tardent pas à frapper aux portes des habitants du quartier Saint-Aspais pour y établir d'office leur logement. C'est quelque chose d'effrayant que cette invasion surprenant la ville au milieu de la nuit. On a compté vingt-cinq de ces sol-

dats envahissant un seul ménage. Ils établissent plusieurs postes et échelonnent des factionnaires dans toutes les rues.

Dans la matinée, tous se dirigent sur Brie et Corbeil et les dernières troupes partent à sept heures de la place Saint-Jean.

A dix heures, il nous arrive environ trente hussards de la mort, lesquels traversent la Seine au pont du Mée pour se rendre à Fontainebleau.

A deux heures, on apprend que le chef commandant cette troupe a été tué par un franc-tireur, sur la route, près la vallée de la Solle, et qu'ensuite tous ses hommes auraient été faits prisonniers dans Fontainebleau.

A 7 heures 1/2 du soir, une escouade de 25 cavaliers silésiens ne fait que passer dans la ville.

Depuis le départ des troupes françaises de notre garnison pour l'armée du Rhin, le service de la Maison centrale de détention, qui ne contient pas moins de douze cents prisonniers, est confié à la garde nationale sédentaire, laquelle, du reste, s'acquitte de ce service avec autant de zèle que de dévouement.

Rien de nouveau pendant la nuit, malgré l'annonce faite par les Prussiens de l'arrivée ici de douze ou quinze mille des leurs.

18. — Dans la matinée, trois régiments de hussards, artillerie et dragons, traversent la ville sans s'y arrêter; ils rejoignent le pont du Mée et défilent sur la route de Ponthierry. Huit ou dix dragons seulement s'en détachent et poussent une reconnaissance jusqu'aux villages de La Rochette et Brolles, sans y faire aucune réquisition.

Quelques hussards sont aperçus dans la forêt de Fontainebleau, près la table du Grand-Maître; ils auraient tiré, mais sans les atteindre, sur plusieurs paysans qui se sauvaient dans les rochers.

19. — Entrée en ville d'un nombreux état-major au milieu duquel figurent le prince Albert de Prusse et son fils. Ils déjeûnent à l'hôtel du Grand-Monarque. La veille, le prince avait été hébergé à Sivry au château de M. Aguado.

Un intendant prussien, fatigué d'être à cheval, donne vingt minutes seulement pour avoir un cheval et un cabriolet. On l'entend, dans la cour de l'Hôtel-de-Ville, dire à un conseiller municipal et tout en consultant sa montre : si dans quinze minutes le cheval n'est pas là, attelé, ville payera 3,000 fr. (Ceci n'a pas besoin de commentaires.)

Le prince et son fils passent les premiers, à cheval, sur l'étroite passerelle du pont en construction et vont rejoindre leur matériel de guerre sur la route de Ponthierry.

Des troupes campent près Fortoiseau.

De cinq à sept heures du soir, le canon se fait entendre dans la direction du sud. On apprend bientôt qu'une affaire assez chaude aurait eu lieu entre la tête de colonne de la division du prince Albert et des francs-tireurs du Loiret, près Dannemois et Courances. Le premier de ces villages serait en partie brûlé, et la femme d'un maréchal de Cély tuée par une balle prussienne.

On dit que dans ce combat un officier supérieur prussien y aurait perdu la vie.

Des uhlans et des cuirassiers descendent en ville, escortent deux voitures, tournent par le pont du Mée et viennent à la gare rejoindre la route de Ponthierry.

Trois voitures, transportant un franc-tireur de la Loire et six artilleurs prussiens, blessés au combat de Dannemois, entrent en ville. Ces charrettes sont escortées par des hussards de la mort. Le pauvre franc-tireur a reçu sept coups de sabre dont un sur le milieu de la figure.

Ces premiers blessés sont portés dans les ambulances de MM. Coulon-Gachet et Dallée, aux portes desquelles flotte le drapeau international.

Le canon est encore entendu dans la direction de Ponthierry.

Vers cinq heures du soir, environ deux cents cuirassiers blancs descendent le faubourg du Palais-de-Justice ; ils escortent un convoi d'ambulances et de fourgons, restent jusqu'à huit heures pour découvrir le passage du pont du Mée et finissent par camper sur la route de Dammarie. Une de leurs voitures, trop lourdement chargée, reste engagée dans les sables de la voie du chemin de fer où elle est abandonnée par ses conducteurs.

20. — A dix heures du matin, quelques lanciers, dragons et uhlans pénètrent en ville ; ils annoncent pour la soirée l'arrivée chez nous d'environ 4,000 hommes. La ville doit d'abord fournir pour eux-mêmes quelques réquisitions.

En effet, à six heures du soir, des dragons, deux régiments d'infanterie et du train des équipages, avec un matériel complet d'artillerie et de cavalerie, font leur apparition avec accompagnement de tambours et musique jouant des airs nationaux prussiens.

Ces troupes, au nombre de 2,500 hommes et 500 chevaux, envahissent la ville et campent sur le quai Saint-Aspais, la promenade de Vaux, place Praslin, cours de la Reine-Blanche, et jusque dans l'intérieur du jardin du bout de l'île. Les officiers seuls sont logés.

Les réquisitions pour ce passage sont ainsi fixées : 1,250 kilog. de viande crue ; 1,200 kilog. de pain ; 1,250 litres de vin ; 2,700 kilog. d'avoine ; 540 kilog. de foin et 3,000 bottes de paille.

21. — A six heures du matin, toutes ces troupes paraissent se diriger sur Pithiviers et Fontainebleau.

A partir de la Table-du-Roi, des cavaliers ont la hardiesse de se disperser dans l'intérieur de la forêt où ils font une chasse aux émigrés des communes voisines. Un nommé Dagneau, propriétaire à Brolles, pris de frayeur à leur approche, se sauve et reçoit aussitôt une balle dans le flanc gauche ; la blessure est grave et le projectile n'a pu en être extrait.

Un général prussien, Bernhardi, logé au château de Vaux, donne l'ordre de rétablir le pont de bois dans les vingt-quatre heures, pour faciliter le passage des troupes ennemies ; en cas de refus, la ville sera imposée à une contribution de 120,000 fr.

Aussitôt l'ordre est donné par le même général de désarmer les gardes nationaux sédentaires, sauf 80 fusils pour la garde de la Maison centrale.

Suit la circulaire prescrivant cet ordre :

« *Disposition concernant le port des armes à Melun.*

« M. le général P. Bernhardi vient de prescrire ce qui suit :

« 1° 80 fusils seront mis à la disposition des gardes nationaux
« qui seront de service à la Maison centrale.

« Ces armes resteront déposées à la prison.

« 2° Les autres armes de la garde nationale, ainsi que tou-
« tes les armes à feu qui sont chez les habitants, devront être
« déposées aujourd'hui avant six heures du soir, à l'Hôtel-de-
« Ville où elles resteront.

« Et les habitants ne sont autorisés à les prendre qu'en cas
« de révolte de la prison.

« 3° Après l'occupation prussienne, ces armes seront resti-
« tuées.

« Melun, le mercredi 21 septembre 1870.

« (L.-S.) H. BERNHARDI,
« Major et commandant de place. »

L'ordre de rendre ainsi les armes de guerre et de chasse est
exécuté par toute la population, et, à six heures du soir, le
tout est déposé à la mairie.

Rien n'est plus pénible que de se voir ainsi désarmé par l'ennemi.

Réquisition pour les Bavarois partis ce matin : 1,200 kilog.
de pain, 1,300 litres de vin, 40 kilog. de café, 20 kilog. de sel,
10 pains de sucre, 10 setiers d'avoine.

Deux heures. Arrivée de cuirassiers prussiens de Silésie.

Réquisition : 600 paires de fers à cheval, 200 oriflammes
de lances, 100 kilog. de café, la nourriture et le logement de
600 cavaliers.

Tous arrivent à la fois comme des vautours sur la même
proie.

Réquisition pour ce soir : 1,200 kilog. de café, 1,200 kilog.
de sucre, 4,000 cigares.

Heureusement que notre administration les triche sur la li-
vraison, autrement elle ne suffirait pas.

Des factionnaires sont postés aux coins des rues et sur tout
le cours de l'avenue du chemin de fer.

Nous sommes entièrement à la merci des Prussiens.

A sept heures et demie, nouvelle réquisition de 300 kilog. de café, 300 kilog. de sucre et 3,000 cigares.

La vie ne paraît pas être tenable au Conseil municipal ; toute la journée et une partie de la nuit, ces administrateurs doivent répondre aux officiers prussiens, écouter leurs exigences, leurs réclamations, etc.

Pendant la nuit des patrouilles de cavalerie sillonnent toutes les rues et les abords du chemin de fer.

22. — Des équipages appartenant aux uhlans de Posen arrivent encore en ville avec des lanciers et cuirassiers ; hommes et chevaux paraissent robustes et solides.

Vers midi, plus de 200 voitures chargées d'avoine et réquisitions de toutes sortes, escortées par des lanciers ou uhlans, sont dirigées sur Fontainebleau.

Il ne nous reste dans la soirée qu'une compagnie d'infanterie bavaroise qu'il faut loger et nourrir.

Un major prussien répète au moins dix fois :

« Point de l'avoine, point de la viande, point de le pain, c'est mal, monsieur le Maire. »

23. — A huit heures du matin, deux escadrons de lanciers traversent la ville sans s'y arrêter ; ils escortent aussi plusieurs voitures chargées de vivres et marchandises réquisitionnées. Le tout se dirige vers le sud. On dit qu'en passant à La Rochette, ces hordes ont dévalisé une partie du mobilier du château de M. le comte d'Étampes.

Ce qui est à redouter, ce sont les réquisitions quand il n'y aura plus rien à Melun. Comme toutes les provisions viennent de Paris et que les communications sont coupées avec la capitale, nous n'aurons bientôt plus ni café, ni sucre, ni cigares, et pas moyen de s'en procurer. Comment faire ? c'est alors que nous pourrons être exposés au pillage. Cette immense armée de 4 ou 500,000 Prussiens autour de Paris, il faudra qu'elle se nourrisse, et elle ne vivra que de réquisitions faites sur les pays en arrière, tels que Melun, Meaux, et jusqu'ici c'est un vrai gaspillage, ils regorgent de tout, puisque à chaque camp qu'ils lèvent ils abandonnent du vin, de la viande, des fourrages, du pain, etc.

Déjà nos campagnes, qui sont en partie dévastées, sont mises à contributions par des réquisitionnaires venant de la grande armée autour de Paris. Ainsi, avant-hier, le petit village de Lissy, à dix kilomètres de Melun, canton de Brie, a dû fournir 300 vaches que l'ennemi a emmenées.

Des employés étrangers sont chargés de rétablir la télégraphie devant servir à l'armée ennemie.

On travaille activement au rétablissement du pont de bois.

On parle du prochain passage à Melun de S. M. le roi de Prusse, qui se dirigerait sur Versailles.

24. — Environ quarante hussards rouges dits de Blücher, viennent de Juvisy faire des provisions : ils achètent pour environ 2,000 fr. de marchandises au marché et dans les boutiques, principalement du champagne et du tabac.

Ils ne font d'autres réquisitions que 10 peaux de veaux pour les culottes des cavaliers et 20 paires de semelles.

On dit que le roi de Prusse est installé au château de Ferrières (baron de Rothschild).

A deux heures, un détachement de 34 uhlans (2e régiment de Silésie) vient s'assurer si on travaille au rétablissement du pont de bois ; on promet pour mardi matin.

Le lieutenant von Breitke réquisitionne de quoi manger pour chevaux et hommes.

D'après ce que disent les officiers, Paris est déjà cerné, toutes les lignes, ponts, routes, sont coupés : le quartier général est à Versailles, ce qui prouve que tous les bruits de déroute des Prussiens, et de sorties par les troupes de Paris, etc., n'étaient que des bruits sans aucun fondement ; on disait le prince Albert tué ou prisonnier : il est en ce moment à Versailles.

Dans l'après-midi, les uhlans et les hussards retournent sur Paris rejoindre leurs régiments respectifs.

Neuf heures du soir. Il nous arrive encore de la cavalerie qui va se caser au quartier. De fortes patrouilles circulent toute la nuit.

25. — Un escadron de dragons, ayant campé cette nuit dans la plaine de Dammarie-les-Lys, entre ce matin en ville, l'arme au poing. Des vedettes sont postées sur toute l'avenue Saint-Ambroise.

A onze heures, cinq uhlans et un officier apportent une lettre de l'inspecteur général des étapes (3e armée prussienne), contenant en français la réquisition suivante :

30,000 kilos de farine, 600 kilos de café, 100,000 kilos d'avoine, 2,500 kilos de paille, 12,000 kilos de riz, 2,000 kilos de sel, 2,500 kilos de foin ; enfin, 100 voitures pour transporter et conduire le tout au camp prussien, en ce moment à Saint-Germain-lès-Corbeil, ou sinon l'armée prussienne prendra envers Melun les mesures que la situation commandera.

Le Conseil municipal est consterné : jamais on ne trouvera seulement le tiers de ces subsistances. Il va libeller une adresse pour expliquer l'impossibilité où se trouve la ville de fournir le camp prussien.

Notre position devient donc de plus en plus difficile par suite de ces exigences.

A deux heures arrive un officier bavarois (chevau-légers) avec cinquante hommes. Voici sa réquisition :

Logement à la caserne, 500 litres d'avoine, 350 kilos de foin, 200 kilos de paille, 70 litres de vin, 37 kilos de pain, 50 kilos de viande.

Il nous annonce pour demain un régiment d'infanterie wurtembergeoise.

On est effrayé de l'avenir, car déjà les marchands de la ville sont à sec et les campagnes sont en partie ruinées : à Lieusaint, Cesson, Savigny, Seine-Port, tout a été pillé.

Le chiffre des réquisitions demandées aujourd'hui à la ville s'élève à plus de 80,000 fr. Grâce à nos administrateurs, une très-faible partie seulement leur a été livrée.

A cinq heures du soir, arrivée de cavalerie, artillerie et infanterie. Le tout se fixe au quartier et chez l'habitant.

Pendant la nuit on entend le bruit des patrouilles qui sillonnent la ville, et particulièrement le quartier sud et les abords

2

de la forêt, à cause des francs-tireurs qui sont toujours le cauchemar des Prussiens.

26. — Au matin, un peloton de cavalerie sort de la ville et se dirige sur Fontainebleau. Le surplus et les canons restent dans notre cité. On craint beaucoup ici, et chacun se demande avec anxiété ce qui va advenir.

Pas de nouvelles de Paris dont les portes sont fermées depuis le 15 courant. — Disette générale de journaux.

La position est telle, enfin, qu'on ose à peine sortir de chez soi.

De fortes réquisitions en nature sont encore faites ; bientôt la ville ne pourra plus suffire aux exigences des Prussiens.

Un commandant d'infanterie bavaroise (Martin) est logé à la trésorerie générale. Il revient sur la question des gardes nationaux, interdit à tout citoyen de circuler armé dans les rues. Toute insulte ou menace à un soldat prussien entrainera, pour la ville, une contribution de 200,000 fr. Le maire est déclaré personnellement responsable de tout.

La levée en masse vient d'être décrétée par le Gouvernement et elle se pratique dans les pays non occupés (cette mesure ne paraît pas faire plaisir aux Prussiens).

27. — Sept heures du matin. La garnison prussienne évacue une partie de la ville, la cavalerie par Voisenon, Rubelles, Saint-Germain, etc., où des réquisitions énormes sont faites chez les cultivateurs, et l'artillerie par Milly et Pouthierry. On assure qu'ils doivent faire halte à la ferme de Villiers, où ils savent qu'il y a du fourrage et de l'avoine en abondance.

Huit heures du soir. Cent dragons seulement restent encore au quartier.

Dix heures. Ces dernières troupes quittent la ville par le faubourg Saint-Liesne.

28. — Quelques cantiniers mercantiles viennent s'approvisionner en ville dans la matinée.

La journée s'écoule tranquillement en l'absence de toutes troupes ennemies ; on semble renaître et respirer plus à l'aise.

29. — Un régiment de hussards rouges dits hussards de

Blücher (Poméraniens), venant de Corbeil, traverse la ville et prend la route du Châtelet, après avoir toutefois fait une réquisition de 4 tonneaux de vin, 4 tonneaux de bière, sucre, café, pain, saucisses, 3 sacs d'avoine et 44 fers à cheval.

Au même instant arrivent 650 dragons wurtembergeois (1er régiment, dits Konig Carl), qui s'installent au quartier. Des postes et vedettes sont établis partout.

Une cinquantaine de ces cavaliers prennent position à la gare.

3 heures. Le lieutenant Sick, qui parle très-bien français, prie M. le Maire de se rendre au quartier voir le colonel.

M. Poyez et M. Lajoye y vont et en reviennent à quatre heures et demie.

Voici le résultat de l'entrevue :

« 1o Le département de Seine-et-Marne est imposé pour « un million de francs qui devront être fournis le plus vite « possible, et une députation de conseils municipaux devra « se rendre auprès du Préfet, à Souppes, pour s'entendre avec « lui sur la perception et la répartition de cette somme. »

« 2o Il sera affiché, ce soir en ville, le placard suivant :

« Le commandant du corps des troupes allemandes, qui oc- « cupent en ce moment la ville de Melun, porte à la connais- « sance des habitants que tout individu qui exercera une vio- « lence sur un soldat prussien, sera immédiatement fusillé ; et « toute maison d'où partira un coup de feu sera incendiée.

« Signé : Colon. baron von Harling. »

6 heures. M. Drouin, greffier en chef du Tribunal, accompagne, comme interprète, MM. Courtois, Coulon et Pernet, à l'hôtel du Grand-Monarque, où dînent les officiers, pour obtenir un sauf-conduit pour les trois conseillers municipaux délégués à l'effet d'aller demain trouver le Préfet.

Les fusils des gardes nationaux, et ceux de chasse, retirés par ordre du général Bernhardi, qui sont restés, on ne sait pourquoi jusqu'à ce jour, à l'Hôtel-de-Ville, sont conduits aujourd'hui par les Prussiens au quartier de cavalerie.

A trois heures et demie, des coups de feu sont entendns dans la direction de Vert-Saint-Denis.

Deux hussards rouges, descendant par la rue du faubourg des Carmes et au galop, viennent chercher deux escadrons de dragons qui se dirigent aussitôt sur Blandy. Alors le bruit se répand en ville qu'un combat a eu lieu au Châtelet entre les Prussiens et les habitants, et qu'à la suite de cette affaire plusieurs de ces derniers sont conduits prisonniers au camp prussien, près Corbeil. (1)

Ce récit, palpitant d'intérêt, est bien fait pour animer les sentiments de vengeance, augmentés et nourris par la haine profonde que nous inspirent ces implacables ennemis.

8 heures du soir. On apprend qu'un engagement a eu lieu, aujourd'hui, à Milly, entre des francs-tireurs et les allemands. On n'en connait pas les résultats.

Des patrouilles parcourent la ville, les postes sont encore multipliés. Un peloton composé de trente hommes reste posté sur la route de Fontainebleau, au-dessus de La Rochette. C'est à ne plus oser sortir de chez soi sans risquer d'être arrêté.

On dit que M. le Maire et deux conseillers municipaux (MM. Lajoye et Débonnaire) sont déclarés, par le colonel Harling, prisonniers sur parole.

Le poste de l'Hôtel-de-Ville, formé jusqu'alors par la compagnie de pompiers, est remplacé, à partir de ce jour, par les troupes du roi de Prusse. Lesquelles ont encore fait aujourd'hui une réquisition de 3,888 kil. d'avoine, 970 kil. de foin, 1,620 kil. de paille, 21 kil. de café, 21 kil. de sucre, 472 kil. de pain, 315 litres de vin, 20 kil. de tabac, 60 bougies, 10 kil. d'huile, 80 kil. de saindoux, du cirage, etc.

Ils annoncent qu'ils resteront à Melun tant que la somme d'argent demandée ne sera pas payée. Nous espérons que l'armée française viendra les déloger : en attendant il faut les nourrir.

10 heures. Un lieutenant du 1er bataillon, du 2e régiment

---

(1) Voir à la fin de cet ouvrage le récit fidèle que m'en a fait, depuis, l'un des principaux acteurs de ce drame.

de Thuringe, arrive de Valenton (Seine-et-Oise) avec trois charriots pour chercher des vivres. Le pays est ruiné tout autour d'eux et ils viennent jusqu'à Melun, comme si déjà nous ne l'étions pas ici. Il porte un ordre allemand et demande : 50 kil. de bougie, 25 kil. de café, 50 kil. de farine, 50 kil. d'huile, 30 kil. de sucre, 20,000 allumettes et 20 moutons.

Ainsi, non seulement nous sommes occupés, mais encore nous avons à nourrir des régiments qui viennent de 40 kilomètres.

7 heures du soir. M. le Maire et le représentant du colonel v. Harling conviennent que le Conseil municipal de Melun dressera un tableau de répartition au sujet du million imposé ; ci-joint les sommes à payer pour chaque arrondissement de notre département :

Arrond. de Melun	212.000	La ville de Melun	12.800
id. Meaux	335.200	id. Meaux	13,430
id. Coulommiers	152.700	id. Coulommiers	6.840
id. Fontainebleau	135.100	id. Fontainebleau	8,900
id. Provins	165,000	id. Provins	10.370
	1,000,000		

Les communes du canton nord de Melun. 22,980
«   «   sud   id.   19.435

Le paiement des 12,800 fr., à la charge de Melun, a été effectué ce soir même.

OCTOBRE.

1. — Des patrouilles et des postes d'observations sont établis aux abords de la ville, d'où il n'est plus facile de sortir sans laisser-passer ou sauf-conduit. Toutes les voitures ou charrettes sont fouillées. Exemple : J'ai vu un docteur-médecin parlementer sous le pont du chemin de fer (route de Fontainebleau) avec une vedette, pendant près de cinq minutes, et malgé le brassard d'ambulance qu'il portait, il fut obligé de rétrograder au quartier de cavalerie pour y prendre un laisser-passer. Les vexations deviennent de plus en plus rigoureuses pour nous.

Un escadron, sorti dans la matinée, rentre à 2 heures par la route de Fontainebleau avec six paysans attachés ensemble. Ces pauvres gens, soupçonnés seulement d'être en ramifications avec des francs-tireurs, étaient fixés aux chevaux au moyen de cordes, cela faisait peine à voir.

Un nommé Chauveau, garde forestier au poste de Bois-le-Roi, dans le sac duquel les Prussiens découvrirent quelques capsules-amorces, d'autres disent deux cartouches, fut attaché à un arbre et impitoyablement fusillé dans le petit bois au-dessus du village de La Rochette. Onze balles traversèrent la tête et la poitrine de ce malheureux qui laisse une veuve et plusieurs enfants dans la désolation.

Le soir, à huit heures, 25 ou 30 coups de feu se font entendre au quartier de cavalerie. Personne, en ville, ne sait sur qui et pourquoi ces coups de pistolets ont été tirés.

Aussitôt un mouvement extraordinaire se produit dans l'intérieur de la caserne. — On y entend d'abord parler fort, on sonne ensuite à cheval et des patrouilles au galop apparaissent sur l'avenue du chemin de fer. Cela est effrayant et inquiétant pour la nuit.

10 heures. On entend au loin tambours et fifres. C'est encore de l'infanterie (bavaroise) qui entre en ville par le faubourg Saint-Barthélemy ; nous sommes en attendant les événements. Espérons que l'orage qui gronde se dissipera sans de trop grands malheurs pour notre ville.

2. — Nous sommes toujours sous le joug des Wurtembergeois. A huit heures du soir, il n'est guère possible de circuler sans être arrêté et conduit au poste. — Patrouille sur patrouille, à pied et à cheval, toute la nuit.

Voici le montant de la réquisition pour aujourd'hui :

490 kil. viande, 600 kil. pain, deux pièces de vin, 133 kil. de vermicelle, 10 kil. sel, 15 kil. de café, 15 kil. sucre, 20 kil. de tabac, 5 kil. huile, 6 kil. bougie, 3,920 kil. d'avoine, 1,968 kil. de foin et 300 bottes de paille.

3. — Vers deux heures, 150 hussards bleus descendent le faubourg des Carmes et viennent prendre place au quartier, rue Saint-Ambroise.

Au même instant, un peloton de dragons et une compagnie d'infanterie sortent de la ville par le même faubourg. Une charrette chargée de cuirs est escortée par ces troupes.

On aperçoit facilement deux Montgolfières, très-élevées, se dirigeant vers l'Est.

L'arrivée des Wurtembergeois, en imposant toutes les charges de la guerre et de l'invasion, nous a privés du service des postes par un ordre ainsi conçu :

« Par ordre du colonel baron Harling, le service des
« postes et omnibus est interdit dans la ville de Melun. Toutes
« les personnes sur lesquelles nos patrouilles trouveraient des
« lettres, seront arrêtées.

« Melun, le 3 octobre 1870.

« *Le colonel*,
(Signé) baron HARLING.

Jusqu'alors l'administration avait lutté pour assurer le service des postes ; déjà elle avait mis en sûreté une grande partie des correspondances ; aujourd'hui cette interdiction la force d'attendre des jours meilleurs. En attendant, les bureaux sont immédiatement occupés et desservis par les Prussiens et pour eux seulement.

4. — Des hussards rouges viennent encore faire des réquisitions. Il faut leur livrer quatre feuillettes de vin et des fers pour leurs chevaux.

Pas de nouvelles, ni de Paris, ni de notre armée.

Un nouvel incident vient compliquer la situation pour le service des dépêches.

Tournan, jusqu'à présent, était un point important qui servait pour transmettre la correspondance sur la ligne de l'Est, mais l'ennemi gagnant du terrain et le cercle des communications se rétrécissant chaque jour, cette voie nous fait aussi défaut.

On apprend ce soir que le dernier courrier, le sieur Gatellier, garçon énergique et courageux, fut rencontré près de Rubelles, à son retour de Tournan, par des détachements allemands venant de divers côtés : plusieurs fois ces rencontres avaient pu être évitées, soit en prenant un chemin de traverse, soit en se jetant dans un bois, soit enfin en gagnant une ferme.

Cette fois la fuite était impossible. .

Toutes les dépêches furent prises et ramenées au quartier de cavalerie.

Les démarches de la municipalité et des agents des postes pour rentrer en possession de ces dépêches furent infructueuses.

Divers bruits contradictoires circulent au sujet d'engagements qui auraient eu lieu aux environs de la capitale. On se perd en conjectures. Rien de certain.

Après 25 ou 30 jours d'exil, quelques cultivateurs et fermiers de la Brie rentrent avec leur personnel et matériel (la plupart de ces émigrés viennent des environs d'Orléans).

La ville est toujours gardée et cernée par les mêmes dragons à casques à pointe. Tous les matins, grande réquisition pour nourrir cette garnison.

5. — Une dépêche arrivée par ballon au sous-préfet de Sens annonce que le général Trochu aurait fait deux sorties heureuses qui auraient eu pour résultat de mettre près de 50,000 Prussiens hors de combat : cela mérite confirmation.

On dit que le roi Guillaume a quitté son quartier-général de Ferrières pour se rendre à Châlons, où doit passer son matériel de siége.

6. — Toujours même situation. Tous les matins, il part dans différentes directions des détachements de dix ou vingt cavaliers qui vont dans les communes voisines réclamer leur part contributive dans le million imposé au département.

Toute la journée et une partie de la nuit on n'entend que le bruit des chevaux, soit pour relever les postes, soit pour faire lesdites réquisitions.

Il vient d'être déclaré par les autorités prussiennes que tout individu qui serait porteur de dépêches serait passible du conseil de guerre. A cet effet, toutes les personnes qui entrent en ville sont fouillées par les soldats qui gardent toutes les hauteurs de Melun.

7. — La municipalité est obligée de faire droit aux réquisitions qui lui sont adressées chaque jour pour aider à l'alimentation des 800 dragons que nous avons le malheur de posséder.

Quatre-vingt-dix voitures chargées de blessés, dont dix
remplies de Français, venant des environs de Paris, sont passées hier à Brie-Comte-Robert.

Le gouvernement de la Défense nationale annonce les élections pour le 16 courant. Il faudra 750 représentants du
peuple. L'état d'envahissement actuel de la France par nos
ennemis pourrait faire retarder ces opérations.

On annonce que Strasbourg a été forcé de capituler, faute
de munitions.

Après de nombreux passages de troupes à Brie-Comte-
Robert, cette petite ville possède encore 1,200 artilleurs logés
chez les habitants, qui sont aujourd'hui sans ressources; aussi
la plupart reçoivent-ils des autorités prussiennes les vivres
nécessaires à leur existence.

9. — 2 heures du matin. Une colonne d'environ 200 dragons
va en reconnaissance sur Fontainebleau. A 10 heures 1/2 ils
rentrent en ville tous couverts d'une feuille ou branche de
chêne fixée à leurs casques pointus : on dirait pour eux un
jour de fête.

Depuis deux jours, sans interruption, on entend gronder le
canon dans la direction de Paris.

66 voitures remplies de blessés sont encore passées à Brie ;
le tout vient cette fois de Villejuif : 25 blessés français se trouvaient parmi eux.

10. — Une avant-garde annonce pour demain l'arrivée de
1,480 fantassins prussiens qui seront, pendant dix jours, logés
chez les habitants : nouvelle qui est forcément et bien froide-
ment acceptée par notre population.

Plusieurs officiers viennent ce soir à l'Hôtel-de-Ville palper
le montant de ce qui a déjà été apporté dans l'impôt du
million.

11. — Midi. Arrivée, par le faubourg du Palais-de-Justice,

d'environ 1,500 hommes du 87e de ligne (duché de Nassau), Bavarois et autres, qui sont bientôt dispersés en ville par billets de logement. Une trentaine de leurs voitures, chargées de bagages, suivaient ces troupes.

On apprend que Gambetta est parti de Paris en ballon, et est arrivé heureusement à Tours. Paris est toujours plein d'ardeur, mais encore aucun engagement important

12. — 3 heures. Une revue de ces Allemands est passée sur le boulevard Chamblain. En cet instant, on entend très-distinctement le bruit du canon dans la direction de Paris; ces fantassins, en répétant : boum ! boum ! ne paraissent pas désireux de faire connaissance avec notre capitale.

On parle en silence de l'apparition d'environ 2,000 francs-tireurs des Vosges et autres dans la forêt de Fontainebleau. On s'attend ici, d'un moment à l'autre, à de graves événements.

Plusieurs maisons abandonnées ou sans gardiens sont pillées par les Prussiens. 1,200 bouteilles de bordeaux sont mises à sec par eux dans la cave d'un émigré.

13. — 5 heures du matin. Le rappel se fait entendre. A 6 heures 1/2, toute cette soldatesque se trouve en bataille sur l'avenue Saint-Ambroise et prend sa direction sur Villeneuve-Saint-Georges par la route de Ponthierry. Environ 150 cavaliers de la garde du roi ferment la marche de cette colonne.

Canonnade toute la matinée.

Un ordre du colonel baron Harling, adressé à la mairie ce matin, informe qu'à partir d'aujourd'hui la poste de la ville de Melun n'est plus suspendue.

M. le Maire s'empresse d'en informer M. le Receveur principal et le service est réorganisé dans la matinée même, à la grande satisfaction des habitants, privés de toutes correspondances.

4 heures du soir. Une escarmouche a lieu sur le carrefour de la Table-du-Roi (route de Fontainebleau) entre des francs-tireurs et une patrouille de dragons wurtembergeois; plusieurs de ceux-ci sont tués ou blessés. Aucun des francs-tireurs n'a

ESCARMOUCHE A LA TABLE DU ROI.

été touché. Un cheval prussien, criblé de balles, est resté sur le théâtre de l'action.

A la suite de cette affaire, toute la ville est dans la plus grande émotion, une panique générale s'empare de la garnison, qui croyait à l'arrivée de troupes régulières françaises.

A 7 heures du soir, dragons, malades, blessés, bagages, etc., tout disparaissait de la ville comme par enchantement. Dans la précipitation de leur départ, ils ont oublié une voiture de viande et trois sacs de farine qu'on leur avait fournis, plus un factionnaire posté derrière la caserne et qui a dû rester prisonnier.

Les fusils de gardes nationaux sont retrouvés au quartier, mais les chiens en ont été malicieusement enlevés. Ils ont pourtant été découverts un peu plus tard : les vis seules fixant ces chiens ont été perdues.

A huit heures du soir, aussitôt l'évacuation du quartier par les Wurtembergeois, on s'empressa de le visiter et on retrouva aussi les objets de correspondances saisis le 4 de ce mois, près Rubelles.

Le tout était dans le plus grand désordre, un grand nombre de lettres avaient été ouvertes ; on trouva des enveloppes spoliées de leur contenu ; l'administration fit donner cours à tout ce qui avait échappé à ce pillage et rétablit toutes les lettres dont on put retrouver les fragments pour les diriger sur leur destination, avec l'annotation : ouvert par les Prussiens. Le reste tomba en rebut et le service reprit son cours.

Enfin, Dieu merci ! il ne reste plus un seul soldat prussien dans notre cité.

14. — Des cantiniers allemands, escortés de quelques soldats, viennent s'approvisionner à Melun. — Ils paient leurs acquisitions au cours et se reportent sur Corbeil.

15. — Des voitures de la campagne arrivent en assez grand nombre pour le marché, qui est assez bien approvisionné. — La viande s'y vend à très-bas prix.

Un intendant de l'armée prussienne demande à traiter avec les autorités de la ville pour établir ici le magasin général de leurs vivres; il voudrait traiter avec des entrepreneurs de grains, bétail, vins, etc., et obtenir de ceux-ci l'engagement de fournir tous les jours tant de pain, viande, etc.

On a eu toute la peine du monde à lui persuader que la ville et les environs étaient épuisés, et qu'il n'y avait plus aucune espèce de provisions.

Il est parti en disant : « puisque vous ne voulez pas nous « donner de vivres en payant, nous vous ferons des réquisi- « tions sans payer et il faudra bien que vous fournissiez. »

3 heures. On est encore désagréablement surpris de voir descendre par le faubourg Saint-Barthélemy environ 200 dragons badois, qui vont se caser au quartier de cavalerie. — Ces troupes n'établissent ni poste ni patrouille. On s'attend à voir ces cavaliers surpris par les francs-tireur; mais ceux-ci se concentrent en forêt et ne font aucune apparition aux abords de la ville.

Un officier ennemi, blessé le 19 septembre, sort complétement guéri d'une maison d'ambulance, où tous les soins lui ont été prodigués, sans exprimer le moindre mot de gratitude au maître de ladite maison.

16. — 7 heures du matin. Hommes et chevaux disparaissent de Melun pour se rendre au Châtelet ou environs, et y exercer encore des réquisitions.

Quelques personnes assurent que des sorties heureuses ont été opérées ces jours derniers à Paris.

Les Prussiens sortis de Melun ce matin font des réquisitions dans les communes de Vaux-le-Pénil et Livry. 34 ou 36 bêtes à cornes ont été enlevées de ces campagnes ; pourtant et par suite de démarches faites pour cela auprès de l'administration allemande le prix de ces animaux devra être restitué aux propriétaires à raison de 1 fr. 40 le kil.

17. — Dix heures du matin. Arrivée à Melun par la route de Fontainebleau, d'un bataillon de francs-tireurs de la Nièvre accompagnés de gardes nationaux des environs (ensemble 1,200).

Ils se portent bientôt à la gare, prennent position du chemin de fer jusqu'au pont du Mée, où ils font une tranchée sur la voie, échelonnent des sentinelles très-rapprochées sur l'avenue Saint-Ambroise et à toutes les issues de la ville.

Un peloton de ce corps est dirigé sur le faubourg Saint-Barthélemy Bientôt plusieurs coups de feu se font entendre de ce côté et on apprend que trois prussiens venant de Corbeil ont été démontés par les francs-tireurs.

Des ordres sont donnés aux boutiquiers de fermer leurs magasins. On craint alors l'arrivée des Prussiens dans nos murs.

Midi. Notre cité est triste et silencieuse, tous les magasins sont fermés; quelques groupes isolés se font seulement remarquer près les ponts et quais.

Plusieurs barricades sont établies par les francs-tireurs assistés de la populace, l'une au bas de la montagne du Mée aux Fourneaux, et l'autre au midi du pont de bois. Il semble que nous sommes à la veille d'événements terribles.

Un groupe de 60 ou 70 francs-tireurs se tient prêt en tête du pont du chemin de fer au Mée.

Un habitant du quartier Saint-Ambroise (Kasriel), soupçonné d'espionnage, est arrêté par des francs-tireurs qui le conduisent à leur poste à la gare, où il est garrotté. Cet homme est ensuite dirigé à la maison d'arrêt. M. le substitut du procureur de la République l'accompagne dans ce trajet.

Une femme sur le compte de laquelle plane aussi de graves soupçons d'espionnage est mise à l'index par un officier de francs-tireurs qui recommande à un de ses factionnaires de lui donner un coup de baïonnette s'il l'aperçoit franchissant une limite assignée.

On s'attend toujours d'un moment à l'autre aux événements les plus sérieux.

4 heures. Quatre prisonniers bavarois et deux beaux chevaux sont amenés à la gare par quelques francs-tireurs. Ceux-ci, mal accueillis par la population de Melun qui redoute un combat dans ses murs et un pillage par l'ennemi, décampent en nous laissant le soin de détruire les barricades qu'ils avaient

faites sans le consentement de l'administration municipale bien entendu.

Rien d'important à signaler dans la soirée.

18. — Le roi de Prusse dote notre pays d'un Préfet, M. le comte de Furstenstein.

Une patrouille composée de quelques Prussiens est attaquée près les bois de Vert-Saint-Denis par des francs-tireurs qui leur font perdre un cavalier dont le cheval est amené à Melun.

Midi. On apprend que les Prussiens ont volontairement incendié la ferme des Joies, située commune de Boissise-la-Bertrand, où quatre des leurs avaient été faits prisonniers la veille.

Après de nombreuses réquisitions à Boissise, les Prussiens font prisonniers M. Rollin, maire de cette commune et son adjoint, qui sont dirigés sur le camp de Corbeil.

On a remarqué qu'au moment de l'incendie de la ferme, les fantassins menaçaient de mort quiconque tenterait d'arrêter le feu.

19. — Neuf heures. Des francs-tireurs prennent et conduisent à leur poste, dans la forêt de Fontainebleau, deux cantiniers prussiens mercantiles qui viennent acheter sur notre marché pour l'alimentation de l'armée allemande.

20. — Il y a eu ce matin à Cély une affaire entre les Prussiens et une compagnie de francs-tireurs. Un officier ennemi y fut tué par un officier du corps franc. Plusieurs blessés sont conduits de là à Fontainebleau. Des voitures chargées ont aussi été enlevées à nos ennemis.

8 heures. 17 soldats français convalescents sortent vivement de l'Hôtel-Dieu où ils se trouvaient déjà avant la guerre et quittent la ville pour se diriger vers Fontainebleau. Ils occupent deux voitures portant le drapeau international.

A 10 heures 1/2, un groupe d'infanterie, suivi d'un peloton de cavalerie, entrent encore en ville. Ils annoncent pour demain la présence de 2,000 des leurs ; mais on n'en croit rien, et comme souvent, c'est un mensonge. Ils font le tour de la ville, campent dans les rues et font leur repas debout avec les 120 kil. de pain et 100 litres de vin que la ville leur a fournis sur réquisition , pendant que les officiers déjeûnent au Grand-Monarque à leurs frais. Ces troupes sont venues pour s'assurer qu'il n'y avait pas de francs-tireurs dans la ville, et pour venger la mort de quelques-uns d'entre eux tués par ces derniers soit le 17 ou 18 courant.

Pillage des boutiques : ils entrent 8 à 10 chez les épiciers, marchands de tabac, etc., et pendant que l'un d'eux achète pour quelques sous , les autres remplissent leurs poches sans payer.

Après avoir fait très-peu de réquisitions, du cuir, des cigares et trois fusils de chasse, système Lefaucheux, dont ils ont donné un reçu, ces 150 hommes nous délivrent de leur présence.

6 heures du soir. Une lueur d'incendie se fait remarquer dans la direction de Farcy-les-Lys ou Vosves.

On apprend qu'une meule de blé appartenant à M. Dugué, de Ponthierry, fut brûlée dans la nuit, ainsi qu'une partie de la ferme du château de Cély. Le tout est l'œuvre des Prussiens qui ont emmené des habitants prisonniers et ont imposé ce village de 35,000 francs. Et cela parce que quelques francs-tireurs avaient avant-hier tué là une dizaine de prussiens.

C'est pour cela que partout on a peur des francs-tireurs, car ils ne sont jamais en force pour résister à l'ennemi, et ils exposent les villes et villages où ils sont à de terribles vengeances : leur rôle est de s'embusquer dans les bois, sur les routes, dans les défilés inaccessibles où leur retraite est assurée et non de s'installer dans les maisons.

L'affaire de Cély est vraie : M. le curé de cette paroisse vient d'arriver à Melun porteur d'un papier écrit au crayon et ainsi conçu :

« Le porteur du présent a l'ordre de se rendre à Corbeil avec « 30,000 francs, et le même peut passer sans empêchement « pour aller jusqu'à l'inspection générale des étapes. »

3 heures 1/2. Dix cavaliers apparaissent sur le pont du Mée en compagnie d'une trentaine de bavarois (infanterie. Ils restent là environ une demi-heure et se dirigent sur le pays du

Mée où se trouvent déjà plus de 150 des leurs qui y font des réquisitions d'armes de la garde nationale de cette commune.

Par extraordinaire il n'y a pas eu de Prussiens en ville aujourd'hui. A sept heures du soir les magasins sont fermés et le plus grand calme règne dans la cité.

22. — Des charrettes et voitures arrivent en assez grand nombre de la campagne pour l'approvisionnement du marché.

A 1 heure 1/2, quelques cavaliers de la landwehr, coiffés de shakos, descendent lentement la rue du faubourg du Palais-de-Justice. Après avoir appris là qu'il pouvait y avoir environ 2,000 francs-tireurs aux abords de la ville, ils rebroussent chemin et courent encore.

De 2 à 4 heures, on entend le canon dans la direction de Paris.

23. — On apprend que le gouvernement de la défense nationale doit quitter Tours pour établir son siége soit à Clermont-Ferrand, soit à Bordeaux, ce qui prouverait encore que nos affaires générales n'avancent pas.

11 heures. Le même habitant du quartier Saint-Ambroise, dénoncé comme ayant des ramifications avec l'ennemi, est conduit de nouveau par cinq francs-tireurs à la maison d'arrêt, en attendant les informations sur son compte.

On assure que 14 gardes nationaux de Montereau-faut-Yonne et quelques francs-tireurs ont été tués avant-hier par les Prussiens, à la ferme de Grandpuits.

8 heures du soir. Des personnes bien informées disent que 1,400 Prussiens sont entrés ce matin dans la ville de Montereau, avec 2 canons et une mitrailleuse.

Ils ont demandé aux habitants leurs fusils et les ont contraints à briser eux-mêmes leurs armes. Les gens de Montereau s'étaient beaucoup moqués de nous, disant que nous n'avions pas eu le courage de résister aux Prussiens, mais qu'eux ils se défendraient avec leur garde nationale et qu'ils feraient des barricades si l'ennemi se montrait. Eh bien, l'ennemi a paru ce matin, venant de Nangis, et personne n'a bougé, tout le monde s'est enfui, atterré. Ce qui prouve que là-bas, comme ici et ailleurs, il y a des gens qui comprennent qu'il est inutile de faire une résistance qui serait tout-à-fait stérile et qui ne produirait que de funestes résultats. Toute ville qui résiste aux Prussiens est bombardée : c'est ce qui vient d'arriver à Châteaudun (Eure-et-Loir), qui s'est défendue pendant plusieurs heures : elle a été criblée d'obus et obligée de se rendre après de grands malheurs.

Les convois de vivres achetés à Dijon pour approvisionner Melun et les environs sont arrêtés en route. Les autorités de Sens prétendent que ces vivres sont destinés aux troupes prussiennes et les ont consignés. Comment allons-nous faire ? Tout ce qui est à destination de Seine-et-Marne est arrêté.

Meaux est toujours fortement occupé ainsi que Corbeil. Cela tient à leur position. Ce sont des villes tout-à-fait prussionnisées : on y vend des journaux, des produits, du tabac allemand.

Quand sortirons-nous de ces terribles épreuves ?

24. — 11 heures. Arrivée de 41 cavaliers Prussiens à la mairie. — Bientôt des vedettes sont postées sur les ponts et plusieurs autres endroits, et empêchent toute circulation en ville pendant une demi-heure.

Après quelques renseignements demandés au sujet d'un de leurs officiers tué dernièrement dans les environs par des francs-tireurs, ils se dirigent, par les Fourneaux, sur la commune du Mée, y rejoignent 100 fantassins, enlèvent le restant des fusils de la garde nationale et un petit baril de cartouches, et partent en promettant une nouvelle et prochaine visite dans ce pays.

A une heure, une dépêche, contre-signée par les membres du gouvernement de la défense nationale, est affichée en ville où elle produit le meilleur effet sur la population sans nouvelles de notre armée depuis trop longtemps.

Cette fameuse dépêche, dont voici le texte, était loin d'être considérée comme l'œuvre apocryphe de Bazaine, d'un maréchal de France :

« Sortie de Bazaine, 14 octobre, avec 80,000 hommes. —

« 26 bataillons et deux régiments de cavalerie écrasés. — Pris
« 193 wagons de vivres et munitions. — Armée blocus re-
« nouvelée plusieurs fois. — Soldats exténués par fausses sor-
« ties de Bazaine, qui chaque deux heures fait sonner la charge
« et gronder le canon, obligeant les soldats prussiens de veil-
« ler pendant que les Français se reposent. — Officiers prus-
« siens avouent que le typhus, Bazaine et insomnie sont leurs
« trois grands ennemis. »

C'était, encore une fois, à s'extasier devant de semblables
dires. Malheureusement pour la France, il n'y avait rien de
vrai et nous étions affreusement trahis.

De 6 à 8 heures du soir, il se déclare au firmament une
lueur vive, rouge, s'étendant dans toute la partie nord-ouest.
C'est un spectacle grandiose, magnifique, produit par une au-
rore boréale des plus belles. Quelques braves gens disent que
c'est une réflexion de lumière électrique venant de Paris ;
d'autres personnes superstitieuses croient que c'est un mauvais présage au sujet des événements actuels.

25. — 7 heures du matin. On entend très-distinctement le
bruit du canon (direction de Paris).

La journée s'écoule sans alerte en ville et, Dieu merci, sans
aucun Prussien.

27. — Toujours sans nouvelles de Paris.

Encore une petite réquisition de 140 litres de vin et l'enlèvement du surplus des fusils des gardes nationaux du Mée. Le
tout est forcément conduit par un habitant de cette commune,
M. Pellé père, au quartier-général de la Grange.

28. — Le service de la Maison centrale de détention et de
la prison de ville est toujours fait, et militairement, par les
gardes nationaux sédentaires.

29. — Deux soldats prussiens accompagnant quelques cantiniers sont pris sur le marché et faits prisonniers par des
francs-tireurs qui leur enlèvent un charriot rempli de marchandises destinées à l'ennemi. Le tout est conduit en forêt, à
leur poste général.

Les célibataires et veufs sans enfants, partent ce matin pour

Fontainebleau pour y passer la révision. (Doivent être soldats tous ceux de 21 à 40 ans).

Durant toute cette journée et surtout de 2 à 6 heures du soir, le canon tonne d'une manière formidable, toujours dans la direction de Paris. Toute la population est dans l'anxiété en attendant les détails et le résultat de cette canonnade.

30. — On annonce par dépêche que le 27 les Prussiens ont été repoussés sur plusieurs points, sous Paris.

31. — Une mauvaise nouvelle circule en ville. — On ne parle rien moins que de la capitulation de Metz et de la trahison de Bazaine. Tout le monde ici est dans la consternation et se refuse à croire à ces dires qui nous viennent, dit-on, de source prussienne.

NOVEMBRE.

2. — Une affiche officielle annonce la capitulation de Metz et la trahison de Bazaine. La population est terrifiée à la nouvelle d'aussi grands désastres pour la France. En effet, l'homme de Metz nous enlève 180,000 soldats, dont 3 maréchaux de France et 6,000 officiers, 53 aigles et drapeaux, 541 pièces de campagne, 800 canons de forteresse, 66 mitrailleuses, 300,000 fusils et 2,000 fourgons.

Si on ajoute à cela les 80,000 prisonniers, 40,000 chevaux, 600 pièces de canon, etc., laissés à la Prusse par l'armée de Sedan, on aura un tableau complet de la ruine de notre chère France ainsi réduite et impitoyablement sacrifiée ; laquelle devra, après de semblables malheurs, faire des efforts surhumains pour se tirer des mains d'un ennemi qui se trouve aujourd'hui avoir des forces numériques, prêtes et organisées, quatre fois supérieures aux nôtres.

4 heures. — Le bruit se répand qu'une forte colonne prussienne fait irruption dans la ville : en effet, il nous arrive de directions diverses, infanterie, cavalerie, artillerie, bagages, voitures chargées de réquisitions, etc., le tout au nombre d'environ 4,000 hommes, véritable avalanche qu'il fallut forcément loger chez l'habitant. Pour ma part, je suis désagréable-

ment surpris de voir écrit sur ma porte par un fourrier prussien : 6e compagnie, 27e régiment, 12 militaires, c'est toute une garde de Polonais, Prussiens catholiques qu'il me faut accepter et héberger cette nuit.

3. — 7 heures du matin. Toute la soldatesque arrivée la veille défile par l'avenue du chemin de fer sur Fontainebleau. On remarque d'abord l'infanterie précédée du tambour-major, tambours et fifres, sapeurs porte-cognées, etc., ensuite un assez beau régiment de dragons, une batterie d'artillerie (six pièces et une mitrailleuse), entraînant encore infanterie, cavalerie, voitures de toutes sortes. Enfin la grande route paraissait couverte de troupes ennemies sur une longueur de plus de huit kilomètres.

Un détachement de 450 fantassins reste au quartier de cavalerie et fournit des postes multipliés toute la journée dans l'intérieur de la ville. Environ 30 de ces hommes gardent le pont du Mée.

5. — Le commandant de place invite les habitants à reporter immédiatement à la mairie toutes les armes à feu qui n'auraient pas encore été rendues.

6. — Une lettre particulière, datée de Paris du 27 octobre (ballon monté), fait savoir que, bien que rationnés, les Parisiens ont encore des vivres pour plus de deux mois. Prussiens repoussés à plusieurs kilomètres de l'enceinte. — 250,000 mobiles et 350,000 gardes nationaux, tous bien équipés et résolus à se défendre jusqu'au dernier.

7. — Un petit détachement (environ 30 cavaliers et 8 fantassins seulement) arrivé hier de Corbeil, se dirige ce matin dans la direction de Fontainebleau.

On parle d'un armistice de vingt-cinq jours pour les élections générales.

On apprend que des troubles ont éclaté, le 31 octobre, à Paris. L'avantage de cette journée a été acquis, par suite d'élections, au général Trochu (on a toute confiance dans son plan).

A 4 heures, 12 cavaliers et troupes à pied entrent en ville

par le faubourg Saint-Liesne, conduisant 55 bêtes à cornes réquisitionnées dans les environs de Montereau-faut-Yonne. '

Un détachement de cavalerie et infanterie, escortant six charrettes, chargées en partie de linge et literie, se dirige sur l'armée de Paris.

8. — Un cavalier prussien est occis dans la forêt de Fontainebleau, sur la route de Melun ; deux autres, quoique blessés, peuvent encore s'échapper : quelques francs-tireurs, parait-il, se trouvaient là.

Le canon est entendu toute la journée, direction de Paris.

Il rentre et passe à Melun, aujourd'hui, plus de 50 voitures et charrettes d'émigrés, la plupart forcés de revenir, d'abord comme ne se trouvant pas plus en sûreté ailleurs que chez eux, et ensuite pour un motif des plus plausibles, l'épuisement de fonds et le besoin pour chacun de revoir son foyer.

La grande affaire du jour est l'apparition d'un nouveau décret annonçant la levée en masse de 21 à 40 ans, hommes mariés ou veufs avec enfants. Cette mesure extrême ne laisse pas que de faire faire des réflexions sérieuses aux chefs d'établissements et pères de famille en général. On espère que l'efficacité d'un remède aussi puissant permettra de faire cesser bientôt les maux qui accablent notre pauvre France depuis déjà trop longtemps, et ce devoir n'a, du reste, jamais été plus pressant qu'aujourd'hui que la patrie est dans le plus grand péril.

9. — Disette de beurre sur le marché, les francs-tireurs ayant fait main-basse sur le contenu des voitures du Gâtinais.

Une grosse voiture de meunerie est arrêtée en ville par deux cavaliers, qui forcent le charretier à se diriger sur le Châtelet ou Montereau pour chercher des réquisitions.

A 2 heures, une calèche renfermant quelques citoyens américains et deux dames, arrive directement de Paris (fait très-rare aujourd'hui). Leur voiture est sous la sauvegarde du pavillon de l'Union. Un drapeau blanc flotte aussi sur cet équipage. Le relais se fait au Grand-Monarque, où j'apprends de la bouche même de ces personnes, qui étaient sorties de la capitale à 2 heures du soir, la veille, et qui se dirigeaient sur Marseille, que Paris était toujours dans d'excellentes condi-. tions de défense, que les vivres n'y manqueraient pas de sitôt, et que les Parisiens et les troupes avaient toujours bon espoir de vaincre l'ennemi.

10-11. — Journées froides et pluvieuses. Le ciel semble voilé du deuil de nos désastres. Un grand calme règne dans la ville: on y croirait l'existence paralysée, et cela fait réellement contraste à Melun avec l'animation de ce même jour de Saint-Martin des années précédentes.

On apprend qu'un armistice en négociations a complètement échoué, M. de Bismarck ne voulant pas, pendant ce temps, accorder le ravitaillement de Paris.

On dit que les Prussiens ont évacué forcément Orléans.

12. — 4 heures du soir. 200 Bavarois entrent en ville et exigent le logement chez l'habitant : c'est le quartier Saint-Etienne qui a cette charge. Des sentinelles sont postées depuis la passerelle jusqu'à l'entrée de l'avenue du chemin de fer, et interdisent, après le couvre-fen, toutes communications entre les deux quartiers de la ville. Enfin, pour donner une idée du peu de sécurité que nous possédons, voici l'aventure qui m'est arrivée ce soir, à 7 heures 1/2, en descendant de garde (sans arme bien entendu). Je fus arrêté, en compagnie de mon lieutenant, par deux fantassins, en face le boulevard Chamblain, lesquels, après nous avoir crié : harte verda !... arrivent brutalement sur nous en croisant la bayonnette ; il nous fallut forcément rebrousser chemin, et ce n'est qu'après explications, qu'il n'était pas facile de leur faire comprendre, que nous pûmes nous tirer des mains de ces Prussiens, qui croyaient aussi que nous étions soldats ou francs-tireurs.

13. — A midi, une colonne d'infanterie arrive de Montereau. Une collation lui est préparée sur la place Saint-Jean (toujours aux frais de la ville, bien entendu). Elle reprend bientôt la direction de Corbeil.

Arrivée aussi d'une compagnie de soldats du génie qui doit

se diriger sur Montereau, pour aider au rétablissement d'un pont sur l'Yonne.

Pendant toute la journée, le canon est entendu sans interruption dans la même direction. Quant aux résultats et aux nouvelles nous n'en possédons pas.

On apprend que 50 cavaliers prussiens ont été surpris à Nemours à l'hôtel Saint-Pierre, à deux heures du matin, par 300 gardes nationaux mobiles, à la tête desquels était le préfet : 6 ont été tués, les autres se sont rendus.

Un nouveau poste, composé d'au moins 30 hommes, est établi quartier Saint-Etienne, au coin de la place Praslin, dans l'établissement du marchand de vins Carrier.

14. — Une violente canonnade est encore entendue toute l'après-midi.

Des officiers prussiens disent hautement qu'Orléans est repris par leurs troupes.

Un ordre formel défend aux habitants de sortir dans les rues après huit heures du soir. Rien n'est plus triste qu'un tel état de choses.

Pas de nouvelles de Paris ni de son armée.

Un ballon est aperçu dans la soirée, direction de Corbeil.

On annonce pour demain le passage à Melun de 6,000 Prussiens.

Dans la nuit, une avant-garde d'environ 250 Bavarois, paraissant se diriger vers Fontainebleau, traverse silencieusement la ville et sans s'y arrêter.

15. — Au matin, on apprend qu'environ 1,500 artilleurs, avec tous leurs équipages ont envahi cette nuit le village de Brolles et la commune de Bois-le-Roi. Ma vieille mère, pauvre veuve, fut obligée d'en héberger une douzaine au moins pour sa part, lesquels, après avoir vidé une feuillette de vin, chanté et dansé, n'ont pas craint de lui dérober du linge et des objets précieux. La médaille de Sainte-Hélène de mon père est aussi passée entre leurs mains.

On accuse 8,000 artilleurs à Fontainebleau depuis hier.

Espérons que ces incommodes ne feront que marquer leur passage dans nos parages.

Passage à Melun d'un lieutenant-colonel d'état-major français, à cheval et en uniforme, suivi de deux ordonnances en civil. On dit que c'est un débris de l'armée de Metz, prisonnier sur parole, qui retourne dans ses foyers.

Nos fusils de gardes nationaux, qui jusqu'alors sont restés en dépôt à l'Hôtel-de-Ville, sont définitivement enlevés par les Prussiens et transportés à leur quartier général et à la caserne de cavalerie.

Le canon est toujours entendu et dans la même direction.

Au sujet de la levée en masse prescrite par un décret du 1er novembre, le conseil municipal de Melun a pris hier une délibération tendant à refuser son concours à l'exécution de ce décret, prétextant la présence de l'ennemi.

Nemours vient d'être éprouvé d'une manière barbare : les Prussiens ont brûlé la gare, l'hôtel Saint-Pierre et deux autres maisons, à l'occasion du fait de guerre signalé plus haut : ils ont, en outre, imposé la ville d'une somme de 200 mille francs qui devaient être versés le jour même, sous peine de pillage.

On parle toujours de l'approche de l'armée française dite *de la Loire.*

Depuis deux jours, plus de journaux ni de lettres, à raison de l'occupation de Fontainebleau.

16. — A partir de ce soir huit heures, il est défendu, de par l'autorité allemande, de laisser apercevoir de la lumière chez l'habitant.

Le couvre-feu est annoncé aujourd'hui au son du tambour, ce qui est au moins aussi lugubre qu'au son du cornet.

La bataille de Coulmiers, après l'occupation d'Orléans par nos troupes, donne un peu d'espoir chez nous.

17. — 50 cavaliers sortent de la ville ce matin et se dirigent, dit-on, sur le village de Perthes ; 50 autres partent à pied sur la route de Fontainebleau. On craint encore, de leur part, des réquisitions dans les villages voisins.

Le pont du Mée est occupé jour et nuit par une trentaine de fantassins. Une maisonnette en planches, construite par eux sur le pont même, leur sert d'abri contre les intempéries de l'air. On dit aussi qu'ils ont l'intention de minèr ce pont pour le faire sauter en cas de retraite.

Notre nouveau préfet prussien, M. de Fursteinstein, est installé d'aujourd'hui à l'hôtel de la Préfecture. On dit ce soldat-magistrat assez abordable. (Ne nous y fions pas). Dès son arrivée, il est allé rendre visite au maire et lui a dit qu'il apportait une paix anticipée, c'est-à-dire la tranquillité dans le pays (à la condition, bien entendu, qu'on fasse tout ce qu'il demande). Il a été pendant dix-sept ans attaché à l'ambassade de Prusse à Paris et parle par conséquent très-bien Français. Il a félicité le conseil municipal et le maire d'être resté à son poste depuis deux mois, malgré l'occupation prussienne, et disant que c'était là le meilleur moyen de faire supporter aux populations les horreurs de la guerre, en étant l'intermédiaire entre celles-ci et les autorités ennemies.

Midi. 150 hommes (infanterie) descendent le faubourg du Palais-de-Justice. Les maisons de la rue Saint-Barthélemy leur sont assignées pour logement.

Environ 250 Bavarois du 58e de ligne, sont toujours logés chez les mêmes habitants du quartier Saint-Etienne.

Les boutiquiers reçoivent l'avis de fermer leurs magasins aussitôt la nuit. Le gaz, du reste, fait entièrement défaut depuis quelque temps, et le charbon de terre est des plus rares chez nous.

Toujours sans lettres ni nouvelles de Paris.

19. — Des voitures de la campagne arrivent en assez grand nombre pour le marché qui semble assez fort et animé. Quelques sacs de blé et avoine apparaissent aujourd'hui sur la place. Des fermiers et cultivateurs se demandent des nouvelles de nos armées et quand les hostilités cesseront pour aider à la reprise des affaires entièrement paralysées en ce moment. Malheureusement, personne ne connaît l'issue de cette guerre déjà trop prolongée.

21. — Au matin. Une surprise est réservée aux hommes du poste devant relever celui du Mée : trois factionnaires y

manquaient, les fusils seuls étaient là, quant aux hommes (Polonais) ils avaient bel et bien déserté pendant la nuit.

On parle d'une bataille qui aurait été livrée hier à Méré-ville près Etampes : nos armes auraient eu là un véritable succès.

7 heures du soir. Les Prussiens sont sans nouvelles de leurs fugitifs du pont du Mée.

M. Hérisé, imprimeur, refuse à notre nouveau préfet d'insé-rer dans son journal (le *Nouvelliste de Seine-et-Marne*) des entrefilets et des communications émanant des autorités enne-mies, ajoutant que si on voulait l'y contraindre il cesserait de paraître.

22. — Depuis le 16 courant, les lettres et journaux nous font entièrement défaut. Rien n'est plus triste que cette situa-tion. Les Prussiens, qui ont le bureau de poste à leur entière disposition, ont établi, pour eux seuls, un service régulier entre Melun et Corbeil, Montereau, Chailly, etc.

Malgré la délibération motivée du conseil municipal, qui a déclaré qu'il ne voulait pas plus s'occuper du départ des mo-bilisés que de la levée en masse, vu notre état continuel d'oc-cupation par les troupes prussiennes, plusieurs jeunes gens de la ville sont partis courageusement, ce matin, comme gardes nationaux mobilisés, pour se mettre à la disposition des auto-rités militaires françaises.

Le canon tonne ce soir de 8 à 9 heures sur Paris.

Des positions ont été observées aujourd'hui sur les hauteurs des communes voisines du Mée et de Vaux-le-Pénil, pour l'em-placement des batteries ennemies en cas de retraite ; ces dispo-sitions n'ont rien de rassurant pour notre ville.

M. Poyez, maire, est déclaré prisonnier de guerre, sur parole écrite, par le préfet allemand qui lui défend de s'occuper doré-navant d'affaires municipales.

Les fonctions en seront remplies par M. Gaudard, premier adjoint.

Avec le préfet prussien, sont installés à la Préfecture, un secrétaire général et un lieutenant de police. C'est ce dernier qui délivre les saufs-conduits en allemand et revêtus d'un sceau aux armes de Prusse avec cette légende : « Préfecture de Seine-et-Marne. »

23. — Notre maire part pour le quartier général à Versailles, pour affaires relatives aux intérêts de la ville d'abord, et ensuite pour explications sur sa position de prisonnier sur parole.

Un détachement de pontonniers et soldats du génie entre par le faubourg Saint-Barthélemy. Ces vrais Prussiens sont logés dans le quartier Saint-Ambroise.

24. — 7 heures du matin. Les soldats-ouvriers du roi de Prusse partent sur la ligne du chemin de fer. Ils délogent de la gare des marchandises un vieux wagon et un wagonnet auxquels ils attellent quatre chevaux. Le tout est traîné sur Bois-le-Roi et Fontainebleau. Outre leurs armes, ces soldats sont encore chargés de cognées, pelles, pioches, etc.

Midi. Entrée en ville d'une batterie d'artillerie avec tout son attirail. Pièces et fourgons sont remisés au quartier de cavalerie.

Toujours pas de journaux. Les nouvelles se bornent à des dires trop souvent contradictoires sur la marche et les succès de notre armée.

Les pièces de canon arrivées aujourd'hui et qui doivent rester ici jusqu'à nouvel ordre ne laissent pas que d'effrayer un peu la population qui se trouve entièrement à la merci de l'armée et de l'administration prussiennes. On espère pourtant que nous serons bientôt débarrassés de ce fléau et que ces cohortes ennemies ne tarderont pas à évacuer.

25. — Le matériel d'artillerie arrivé hier est dirigé ce matin sur Corbeil ou Paris.

Midi. Deux pelotons d'infanterie et cavalerie se rendent à l'hospice pour y rendre les honneurs funèbres à un officier décédé à l'Hôtel-Dieu.

Notre nouveau préfet fait afficher une proclamation aux habitants de Seine-et-Marne, par laquelle il dit : qu'il vient remplir une mission de paix, à la condition de ne pas se trouver en présence de dispositions hostiles. Dans ce document, il y est formellement dit que les contributions de toute nature devront à l'avenir être soldées aux agents prussiens, ce qui, je crois, ne sera exécuté qu'à la dernière extrémité.

M. Poyez est de retour de Versailles et libre de tout engagement envers les Prussiens. Il dit que la ville de Versailles a déjà fourni près de 2 millions de réquisitions ; elle entretient en outre, tous les jours, 6,000 hommes de garnison ; 850 officiers supérieurs et toute la table du roi, Moltke et Bismark, cela lui coûte 25,000 fr. tous les matins.

26. — Le marché de ce jour est assez bien approvisionné.

Des agents de l'autorité allemande se présentent au bureau de poste.

D'abord le commissaire de police escorté de ses gendarmes.

Le bureau étant fermé pour expédition d'un grand nombre de correspondances arrivées quelques heures auparavant, on ne leur ouvrit pas.

Le secrétaire général de la préfecture, informé de cet état de choses, vint se joindre au commissaire de police : c'est alors que la porte leur fut ouverte, mais déjà toute la correspondance pour la ville était en lieu sûr et ensuite distribuée en partie le soir même et le reste le lendemain matin.

Le commissaire déclara qu'il avait ordre de saisir tous les objets de correspondances, et se mit en mesure de prendre tout ce qu'il y avait dans les casiers.

Le secrétaire général signifia en même temps au Receveur des postes une nouvelle interdiction, émanant du préfet prussien, ainsi conçue :

« A partir d'aujourd'hui, le service de la poste et des
« omnibus est interdit.

« Melun, le 26 novembre 1870.

« *Le préfet,*

« (Signé) DE FURSTEINSTEIN. »

Il ajouta, en s'adressant à tous les agents présents, qu'ils ne pourraient plus faire de service sans s'exposer aux rigueurs de la guerre.

Le préfet vient d'adresser à la Mairie la circulaire suivante :

PRÉFECTURE
DE SEINE-ET-MARNE.

« Melun, le 23 novembre 1870.

« Monsieur le Maire,

« Les autorités militaires ayant été informées que les jeunes gens du département avaient été invités par le gouvernement de la défense nationale à se rendre à Souppes ou d'autres endroits pour y être enrôlés dans la garde nationale mobilisée, je porte à la connaissance de MM. les Maires que la conscription a été abolie dans tous les territoires français occupés par les troupes allemandes, et qu'en conséquence, le départ des jeunes gens, pour s'enrôler dans l'armée ou dans la garde mobile, est sévèrement interdit.

« Si, nonobstant cette défense formelle, des jeunes gens quittaient leur commune pour se faire engager, leurs familles ou tuteurs seraient tenus responsables de leur départ et frappés d'une amende de 50 francs.

« En cas que ces jeunes gens n'aient ni parents ni tuteurs dans la commune qu'ils habitaient, l'amende retomberait sur la commune qui n'a pas empêché leur départ.

« En conséquence, je vous invite à faire afficher et donner la plus grande publicité au présent avis.

« Agréez, etc.

« *Le préfet*,

« Signé : Comte DE FURSTEINSTEIN.

Malgré toutes ces menaces, nous voyons avec satisfaction le départ de ces jeunes gens s'effectuer quand même, tant est grand chez eux l'amour de venger la patrie aujourd'hui souillée par l'étranger. Les uns sont obligés, pour se rendre à leurs destinations, d'employer mille détours et ruses pour ne pas tomber dans les embuscades ennemies ; les autres, déguisés, finissent aussi par tromper la vigilance des Prussiens qui encombrent tout notre département et ceux voisins. Courage donc, enfants de Seine-et-Marne.

Il s'est traité aujourd'hui beaucoup d'affaires, sur le marché au blé, pour le compte de la maison Darblay, qui fait payer ses marchandises en monnaie prussienne. C'est ainsi qu'on a

pu voir entre les mains des courtiers de cette importante
maison des sacoches remplies de thalers qui étaient distribués
aux cultivateurs pour les remplir de leurs livraisons. Le son
métallique et le grand nombre de ces pièces rappelaient l'exhibition de la monnaie Mangin, l'ex-distributeur de crayons sur
les places de Paris.

27. — Onze heures du matin. La population entière est
justement émue en apercevant l'arrivée d'un convoi de prisonniers de guerre français venant de Montargis.

Ces pauvres soldats, au nombre d'environ 145, paraissent
brisés de fatigue. Une grande partie appartient aux 42e, 44e et
46e de ligne. L'infanterie prussienne qui escorte ces malheureux paraît très-arrogante et fière de cette capture. — Après
30 ou 40 minutes d'arrêt au quartier de cavalerie, ils continuent, escortés alors de cavalerie et infanterie, leur marche
vers Brie-Comte-Robert. La place de l'ancien Châtelet, au nord
du pont aux Fruits, fut un instant le théâtre de désordres, par
suite de tentative d'évasion de plusieurs de nos soldats dans
les rues au Lin et de la Poterne. Une alerte, qui pouvait prendre
de graves proportions, s'en est bientôt suivie : de là, tumulte
et vociférations contre les Prussiens par la foule nombreuse
qui escortait sympathiquement les nôtres. Dans cette mêlée,
plusieurs citoyens furent bousculés, d'autres reçurent des coups
de plat de sabre et de crosse de fusil. Dieu merci, tout s'est
borné là. A leur défilé, près l'église Saint-Aspais, M. le doyen
de cette paroisse se découvre hautement devant ces prisonniers. Aussitôt des cris multipliés de : Vive la France ! A bas
la Prusse ! se font entendre de la multitude. Malgré le défilé
précipité de ces prisonniers dans la traversée de la ville, bon
nombre de personnes réussissent à pouvoir leur donner quelques adoucissements, qui de l'argent, qui du tabac, etc.

A quatre heures, 17 mobiles, aussi prisonniers de guerre,
arrivent également des environs de Montargis et sont escortés
par huit Prussiens seulement. Ces pauvres jeunes gens, qui
paraissent très-fatigués, doivent passer cette nuit au quartier
de cavalerie.

Depuis plus de trois mois, ce sont les premiers soldats français que nous apercevons aujourd'hui, et dans quelles conditions !...

A 9 heures du soir, après le couvre-feu, les chants prussiens se font entendre dans l'intérieur de la caserne où se trouvent, sous les verroux, nos pauvres mobiles.

Bon nombre de petites affiches, très-bien calligraphiées, se trouvent ce matin placardées en ville ; elles sont ainsi conçues :

« Habitants de Seine-et-Marne, que le premier acte de
« l'agent de cet ennemi de mauvais aloi soit le prélude de la
« révolte.

« Ne souffrez pas qu'un étranger même vous dicte des lois.
« Prenez courage, l'heure de la délivrance va sonner. Soyez
« fermes juqu'au bout. A la force opposez la force. Que le
« tocsin soit le mot de ralliement. (Signé) GARIBALDI. »

Cette pièce n'est enregistrée ici que pour mémoire.

28. — Sept heures du matin. Les prisonniers sont dirigés sur Brie.

Sur le pont de pierre, un prussien menace de mort et met en joue un civil qui lui aurait maladroitement et imprudemment dit une parole blessante.

Quatre heures et demie. Des rassembl ments se forment dans le quartier Saint-Aspais par suite de futilités survenues entre des Prussiens et quelques habitants. Les soldats, quoique menaçant, ne se servent pas de leurs armes. Ils sont très-arrogants aujourd'hui et se permettent, malgré la circulaire toute pacifique du préfet, de disperser effrontément, et toujours avec menaces de *capout*, les groupes de plus de trois ou quatre personnes. C'est à n'y plus tenir pour la population.

Le bruit se répand en ville que l'armée française approche de Nemours.

Des voitures réquisitionnées sont prises d'office par les Prussiens partout où ils peuvent en saisir ; le tout est dirigé vers le Gâtinais.

Des personnes arrivant de Fontainebleau affirment avoir entendu fortement gronder le canon aujourd'hui dans la direction de Nemours.

Nous sommes en attendant les événements.

29. — Les Prussiens tentent de rétablir les fils télégraphiques sur la ligne du chemin de fer entre Fontainebleau et Melun. 40 cavaliers demandent à se faire livrer les appareils du bureau de Brolles, ce qui leur est nettement refusé. Les quelques fusils qui restent des gardes nationaux de ce pays doivent être reportés aujourd'hui sans faute à Fontainebleau. Des menaces sont faites à la commune de Bois-le-Roi, s'il en est autrement.

Plus de 200 voitures conduisant des malades et blessés prussiens, venant des environs de Paris, sont passées hier à Brie-Comte-Robert.

Pas de journaux. Pas de nouvelles.

30. — Une canonnade des plus vives se fait entendre ce matin, à partir de quatre heures, et se continue jusqu'à midi sans interruption (direction de Paris).

A défaut de lettres et journaux, pas même notre *Nouvelliste* qui cesse forcément de paraître aujourd'hui, de par l'autorité prussienne, nous en sommes réduits aux plus vagues conjectures sur la marche et l'avancement de nos armées. On dit que la principale affaire de ce matin aurait eu lieu près Boissy-Saint-Léger, par suite d'une sortie de l'armée de Paris et que l'ennemi aurait été culbuté en cet endroit.

Tous les jours, il continue à partir de Melun des jeunes gens compris dans le premier ban de la levée (savoir : le tirage de la classe de 1870 et les gardes nationaux mobilisés, non mariés, de 25 à 40 ans). Ils partent par petites troupes de deux ou trois, séparément, se rendant à Fontainebleau, où le sous-préfet français, M. Jousselin, leur donne ses instructions. On dit qu'il y a environ 200 soldats qui ont quitté Melun depuis huit jours, et malgré l'occupation prussienne.

DÉCEMBRE.

1er. — Passage à Melun, venant de Ponthierry, d'environ cinquante voitures attelées de chacune six chevaux. C'est un convoi de munitions de guerre appartenant au 10e régiment d'artillerie prussienne. Tout cet attirail, escorté de cavalerie, prend la direction de Brie.

3 heures. — Le commandant de place, escorté de 150 hommes armés, se dirige vers l'Hôtel-de-Ville dont il fait garder toutes les issues, pénètre ensuite dans la salle des délibérations où se trouvent toujours, depuis notre envahissement, des conseillers municipaux en permanence, et demande à ces messieurs la somme de 2,000 francs en espèces, pour indemniser S. M. le roi de Prusse de la voiture et des marchandises prises dernièrement en ville par des francs-tireurs à un cantinier mercantile des leurs. Malgré les dires et protestations déjà renouvelées de ces administrateurs au sujet de cette incroyable réclamation, il n'en a pas moins fallu voir encore notre ville payer la somme demandée, ou trois conseillers étaient menacés d'être enlevés sur-le-champ et faits prisonniers.

2. — Ce matin encore on entend résonner le brutal dans la direction de Lutèce; il est évident qu'il y a des engagements sous Paris, des sorties effectuées par la garnison, mais quels sont les résultats? On parle de victoires remportées par nous à Versailles, au Mont-Valérien, à Villeneuve-St-Georges, etc. Mais où est la vérité? Une sortie générale est impatiemment attendue.

À défaut de lettres et journaux, et la circulation n'étant pas plus facile que sûre, il est toujours impossible d'avoir des nouvelles certaines de ce qui se passe, même à quelques lieues d'ici.

11 heures. — Un convoi d'environ 600 prisonniers français, surpris ces jours derniers à la suite de l'affaire de Beaune-la-Rolande, arrive de Fontainebleau jusqu'à l'entrée de la ville. Ces hommes, dont la plupart sont des débris de régiments de zouaves et autre infanterie, sont parqués sur la place de la gare. Là, une foule considérable pénètre avec difficulté jusqu'auprès de ces malheureux guerriers, et leur distribue des adoucissements de toutes sortes. La plupart des soldats prussiens, gardes de ce convoi, sont impitoyables envers les personnes de la localité qui se dévouent pour les nôtres. C'est ainsi que plusieurs d'entre elles, de charitables femmes particulièrement, reçurent force coups de poings et crosses de fusil, d'autres furent poursuivies à l'arme blanche; un de mes voi-

4

sins, Gouët, reçoit à la nuque un coup de bayonnette : la blessure, heureusement, ne présente aucune gravité. Une femme ne pouvant franchir la double haie de Prussiens pour arriver jusqu'aux prisonniers, lance quantité de morceaux de pain par dessus les bayonnettes ennemies. Une jeune fille y rencontre un de ses parents : en un clin-d'œil la cravate de laine de cette bonne personne passe au cou du soldat grelottant ; elle lui glisse en même temps un peu de monnaie et lui souhaite du courage et des jours meilleurs. Enfin, pour effrayer et éloigner la foule qui tentait toujours d'aborder et consoler nos soldats, des coups de feu furent tirés, non sur la population, mais en l'air.

Les Prussiens, craignant sans doute une tentative de délivrance en faisant passer leurs prisonniers par la ville, crurent prudent, pour éviter ce désordre, de les diriger sur la ligne du chemin de fer et par le pont du Mée, où, en effet, la colonne s'est avancée lentement.

Parmi les prisonniers, on remarque deux prêtres, dont celui de Ladon, trois maires, plusieurs conseillers municipaux et divers paysans. La plupart de ces malheureux, souffrant du froid et de la faim, s'accordent à dire que d'où ils viennent et malgré leur position, l'armée française a été victorieuse et que les Prussiens ont subi des pertes très-sérieuses.

Un vieux zouave, parcheminé, dit en parlant de lui et avec l'intention de se venger plus tard : « La graisse est partie, mais la peau est restée. »

Un ouvrier boulanger de Melun, en compagnie de deux autres personnes se rendant à Fontainebleau, est surpris au village de La Rochette par ce convoi, et voici comment : par suite d'un geste imprudent *d'un de ses amis* contre les Prussiens (un pied de nez), ce pauvre mitron est bel et bien innocemment pris par eux et bientôt la colonne comptait un prisonnier de plus, ce qui prouve encore que « Prudence est mère de sûreté. »

7 heures du soir. — Plus de 100 voitures ou chariots prussiens traversent la ville et se dirigent sur Lagny. Ces véhicules,

bâchés et attelés de chacun deux chevaux, ne ressemblent en rien au matériel de guerre qui passa hier ici.

La température est froide et la première neige commence à tomber.

3. — Le télégraphe a été rétabli. Il fonctionne, avec nos fils, entre Melun, Fontainebleau, Corbeil, Chaumes et Tournan.

10 heures du matin. — Arrivée, au quartier de cavalerie, d'environ 150 prisonniers français. Trois voitures renfermant plusieurs éclopés suivaient ce triste cortége. Ces prisonniers viennent de Pithiviers, d'où on en attend malheureusement encore un assez grand nombre.

Midi. Passage à Melun de 50 fourgons chargés de munitions venant de la tête de ligne prussienne (chemin de fer de l'Est) et se rendant sur la Loire.

Le conservateur des hypothèques reçoit l'ordre formel de fermer ses bureaux sous peine de se voir poursuivre d'après l'édit du gouvernement de Reims et de par la loi prussienne.

Il est également défendu au receveur d'enregistrement d'enregistrer aucun acte à partir du 1er courant.

Aucune opération ne doit être faite non plus à la trésorerie générale qui reçoit aussi l'ordre de clore ses bureaux.

Ainsi nous sommes aujourd'hui entièrement à la merci de ce nouvel administrateur qui arrivait, disait-il, parmi nous pour y conserver et maintenir l'ordre et l'administration de la cité. Personne, du reste, ne s'est laissé prendre et n'a goûté les tartines de M. de Furstenstein.

Un avis donnant la valeur et la comparaison des monnaies prussiennes évaluées en monnaies françaises est affiché aujourd'hui en ville. Il y est dit que la monnaie allemande devra être acceptée par nous sous peine de cent francs d'amende et de la prison au besoin.

Passage de 100 pontonniers, ils s'arrêtent un jour à Melun et couchent chez l'habitant.

4. — Neuf heures du matin. Après avoir été parfaitement traités et lestés par les soins de l'administration municipale et des personnes de la localité, on leur a distribué des vêtements,

du linge et des provisions, les prisonniers traversent la ville sous double escorte de cavalerie et infanterie, et sont dirigés sur l'Allemagne par Brie. Des vœux sympathiques et respectueux leur sont adressés sur tout leur parcours par la population.

11 heures. 117 nouveaux prisonniers nous arrivent encore de la même direction. Ils doivent aussi passer le reste de la journée et la nuit prochaine au quartier de cavalerie où tous les soins leur sont prodigués par la ville. Ces débris, qui appartiennent tous à notre infanterie paraissent moins malheureux que ceux faisant partie des convois précédents.

5. — 8 heures 1/2 du matin. Départ des prisonniers arrivés la veille pour le royaume de Guillaume. La traversée de la ville n'est signalée par aucun incident, si ce n'est un coup de feu tiré à blanc par un homme de l'escorte sur la place du Marché-au-Blé.

11 heures. Passage d'une file d'environ 150 voitures venant du chemin de fer de l'Est, et chargées de vivres et ravitaillement pour les Allemands.

Cet énorme convoi se prolongeait au moins sur une étendue de 3 kilomètres et a semblé prendre la direction de Milly et Pithiviers. Il était escorté d'un faible détachement de lanciers ou uhlans.

A trois heures nous sommes encore envahis par le 9e régiment prussien. Cette infanterie qui arrive aujourd'hui de Tournan est logée dans le quartier Saint-Aspais et doit se diriger demain matin sur Pithiviers où l'armée ennemie paraît avoir besoin de secours : Les Français cerneraient, dit-on, aujourd'hui les Prussiens dans cette ville.

Aujourd'hui le Conseil municipal tout entier s'est rendu en corps auprès du Préfet au sujet de l'indemnité de 10,000 fr. réclamée à la ville pour une prétendue tentative d'assassinat commise vendredi soir sur un factionnaire du télégraphe. On sait que ce soldat étant ivre avait maladroitement fait partir un coup de fusil qui avait mis en émoi tout le quartier. Il était 8 heures 1/2 du soir, et les soldats du poste de la Préfecture, de même que les officiers en train de dîner à l'hôtel du Grand-Monarque étaient accourus effarés, croyant à une manifestation de la part de la population : le factionnaire, honteux de sa maladresse et craignant une punition, raconte qu'un individu en blouse s'était jeté sur lui et lui avait donné un coup de couteau au collet, et qu'alors il avait déchargé son fusil sur lui, mais sans l'atteindre. Or, il résulte du témoignage des voisins et de quelques rares passants qu'on n'a vu personne s'enfuir, et que ce récit est un odieux mensonge.

Mais les autorités prussiennes se sont emparées de cette fable pour réclamer de l'argent d nt ils ont tant besoin Le but de la démarche du Maire et de son Conseil était de représenter toute l'injustice du procédé, surtout en présence d'un récit dont la véracité était fort douteuse. Le Préfet a tenu bon et a accordé jusqu'au lundi prochain, 3, pour payer la somme. Il a dit que Melun se plaignait toujours, que nous ne nous doutions pas de ce que c'était qu'une ville envahie et occupée, et que notre sort était heureux comparativement à d'autres villes telles que Meaux, Coulommiers, Corbeil, Versailles, qui étaient totalement ruinées.

La provision de tabac et de cigares est épuisée.

Il y a du tabac prussien qui est détestable et qu'on paye 4 fr. 50, 4 fr. 60 et 5 fr. la livre.

Le charbon est introuvable, ainsi que le coke.

6. — 9 heures. Défilé d'environ 1,000 fantassins arrivés ici la veille. Cette troupe composée en partie de jeunes gens est parfaitement équipée et armée.

1 heure. Un convoi de vivres, comprenant plus de 150 baguolles chargées d'avoine et attelées de chacune deux haridelles, traversent la ville et sans escorte. Le tout se dirige sur Montargis et Pithiviers, où des forces considérables prussiennes se concentrent.

Nous sommes toujours sans nouvelles de notre armée. — On se perd en conjectures. — On assure que Paris est libre par le chemin de fer de l'Ouest, qu'un *Te Deum* en actions de grâces aurait été chanté à Nevers à cette occasion, mais tous ces dires méritent confirmation officielle.

Une nouvelle fâcheuse circule en ville : on dit qu'Orléans est repris par les Prussiens avec 70 pièces de canons et 1,500 prisonniers.

Cette nouvelle est confirmée par une dépêche que vient de recevoir le Préfet, et qui annonce que notre armée de la Loire (que nous croyions depuis hier avoir fait sa jonction avec celle de Paris) était refoulée dans Orléans par les troupes de Frédéric-Charles, celles de Mecklembourg et celles de von der Thann qui ont fait leur jonction. Si la nouvelle est vraie ce serait un grand désastre pour nous.

Les bureaux de la Préfecture sont occupés par des fonctionnaires allemands civils et militaires. Les images de Guillaume et Fritz garnissent la muraille, et les tables sont encombrées de cartes et plans. Des employés rédigent les rôles des contributions, etc.; on dirait qu'ils ne doivent jamais quitter Melun.

On dit que la garnison prussienne à Fontainebleau se dirige aujourd'hui sur le quartier-général de Versailles.

9. — La reprise d'Orléans par les Prussiens paraît malheureusement se confirmer.

A 11 heures, entrée dans Melun et séjour au quartier de cavalerie d'environ 600 prisonniers français venant d'Orléans par Fontainebleau.

Il en est passé hier un plus grand nombre à Corbeil, accompagnés d'un général et de plusieurs autres officiers : le tout est, bien entendu, dirigé sur l'Allemagne.

De temps en temps passent, déguisés en paysans, de pauvres prisonniers qu'on a fait évader soit à Corbeil, soit à Nandy. M. l'abbé Jourdeuil, curé de Nandy, fait preuve d'un véritable patriotisme, en facilitant à ses risques et périls de nombreuses évasions. Il venait lui-même à Melun diriger ces pauvres malheureux pour franchir les lignes prussiennes.

A leur passage hier à Fontainebleau, 200 prisonniers seraient parvenus à s'esquiver des mains de leurs gardes. A ce sujet, plusieurs coups de feu furent tirés en ville où un négociant fut tué et quelques autres personnes blessées.

CONTRIBUTIONS DE GUERRE.

Copie de la circulaire envoyée à la Mairie de Melun.

« Reims, le 7 décembre 1870.

« Monsieur le Maire,

« Vous recevrez ci-joint deux exemplaires de la proclama-
« tion de M. le gouverneur général siégeant à Reims, des 22 oc-
« tobre et 1er décembre 1870, concernant la rentrée des contri-
« butions, avec l'ordre d'en faire afficher un exemplaire à la
« mairie.

« La seule contribution directe, qui a été mise à la charge de
« Melun, se monte, d'après l'état général fixé pour l'année 1870,
« à la somme de 465,408 fr.

« Cette somme est à répartir consciencieusement entre les
« contribuables de votre commune sous la coopération du Con-
« seil municipal, en considérant de préférence la fortune, l'état
« et le commerce de chaque contribuable.

« La contribution est payable chaque mois, par douzième,
« se montant à 38,784 fr.

« Toute réclamation sera considérée comme nulle et non
« avenue.

« Le commissaire général de l'administration des
« contributions dans le gouvernement général
« à Reims.

« Signé : POCHHAMMER. »

Autre circulaire adressée à MM. les Maires des communes qui n'ont pas encore acquitté leur quote-part du million.

« Département de Seine-et-Marne,

« Je porte à la connaissance de Messieurs les Maires qu'en
« vertu d'un décret de S. M. le roi de Prusse, ordonnant
« qu'une contribution de 1 million de francs serait imposée à
« chaque département occupé par les troupes allemandes, en
« dédommagement des pertes causées à la marine marchande

« des Etats allemands par la flotte française, ainsi que de cel-
« les occasionnées aux sujets desdits Etats par leur expulsion
« subite du sol français, j'ai reçu l'ordre du Gouvernement
« général, à Reims, de lever cette contribution dans le dépar-
« tement de Seine-et-Marne.

« Par la présente, M. le Maire de..... reçoit l'ordre de
« prélever la somme imposée à la commune et d'en verser le
« montant à la caisse de la mairie, dans le délai de 10 jours.
« S'il refusait d'obéir à cet ordre, ou si les habitants de la
« commune refusaient de payer la cote qui leur est attribuée,
« je me verrais dans la nécessité de faire lever la contribution
« dans la commune par la force armée.

« *Le Préfet*,

« (Signé) comte de FURSTENSTEIN. »

10. — Midi. Une nombreuse escorte de cavalerie et infanterie nous amène encore de la même direction 1,023 prisonniers de divers régiments de ligne. 57 gendarmes figurent parmi
eux, ainsi que des officiers supérieurs; le tout doit séjourner
au quartier jusqu'à demain matin. La population entière est
admirable de dévouement et s'empresse de porter secours à
ces infortunés.

100 cuirassiers blancs à casque, d'Attila, entrent en ville en
chantant.

11. — Huit heures et demie du matin. Départ de nos malheureux Français pour la direction du Rhin.

Dans la soirée, le canon est distinctement entendu dans diverses directions.

Les autorités prussiennes disposent une ambulance pour
environ 300 blessés des leurs qui doivent nous arriver.

Six heures du soir. — Arrivée d'une colonne d'environ 450
prisonniers venant encore des environs d'Orléans. Ils sont logés au quartier de cavalerie : 175 fantassins prussiens conduisent ces malheureux.

La ville de Melun est écrasée de réquisitions de toutes sortes. La population est comme sur un volcan, en attendant les

événements qui ne peuvent décidément tarder à se produire chez nous.

Les Prussiens se conduisent très-mal, surtout dans les villages où ils n'ont pas d'autorités, de notables pour les arrêter : ils chassent les habitants de leurs maisons, la nuit, pour se loger, et généralement ils s'installent par la force et la brutalité. On entend, le samedi surtout, des gens des environs raconter toutes les vexations qu'on leur fait subir.

12. — Le canon est encore entendu aujourd'hui du côté de Paris et du Sud.

Le bureau de poste prussienne est établi à la Préfecture. On y reçoit toutes lettres adressées dans nos départements envahis.

Sept heures du soir. Encore une avalanche de 1.035 prisonniers, dont 3 officiers seulement, nous arrivant de l'Orléanais (infanterie). — On estime qu'il y en a déjà environ 5,000 de passés par notre ville depuis la reprise d'Orléans par les Prussiens. La ville les nourrit, mais les habitants contribuent pour leur part : il y a un comité qui réunit de l'argent, des provisions, des habits.

Rien n'est plus triste et plus navrant que de voir passer ainsi les débris de notre pauvre armée et dans un aussi piteux état.

13. — Passage d'un matériel composé de fourgons vides du 6e régiment d'artillerie prussienne, se dirigeant sur Lagny.

Les prisonniers arrivés hier étaient conduits par 120 soldats : mélange de Hessois et de Bavarois, qui ont été logés chez l'habitant.

120 hommes pour conduire 1 035 prisonniers, c'est bien peu. — Mais c'est assez, car plusieurs personnes disent que nos soldats ne tiennent pas à s'échapper. — C'est triste à avouer.

Encore 500 nouveaux prisonniers de guerre venant de Malesherbes, ce qui fait au moins 1,500 des nôtres sous les verrous du quartier de cavalerie. Les gardes chargés de les conduire sont logés Grande-Rue Saint-Ambroise. Un de ces Prussiens dit avoir reçu un coup de feu français dans les environs de Metz.

Le versement des 10,000 fr. réclamés pour la prétendue tentative d'assassinat sur un factionnaire prussien, est effectué aujourd'hui par la ville qui a eu toutes les peines du monde à leur faire accepter des billets de banque : ils voulaient qu'on leur remit la somme en marchandises, draps, laine, cuirs, etc., qu'ils estimaient à 30 0/0 au-dessous du cours, en sorte qu'on leur aurait donné pour 25,000 fr. d'objets au lieu de 10,000 fr. — Voilà le résultat de la circulaire toute paternelle de ce bon M. de Fursteinstein.

14. — Départ des prisonniers pour la Prusse. Un déploiement de forces est organisé sur le parcours de la ville où ces malheureux doivent passer. La colonne s'écoule lentement, sans incident et aux cris de : Vive la France.

Jusqu'alors, on n'aperçoit qu'un très-petit nombre d'officiers parmi ces prisonniers.

Passage de 50 fourgons du 10e d'artillerie se dirigeant, pour des munitions, sur la tête de ligne prussienne (chemin de fer) à Lagny.

Depuis plus de trois semaines ni lettres ni journaux ne nous parviennent. — Rien n'est plus triste que cette situation qui est toujours voilée par des nuages qui paraissent s'assombrir de jour en jour.

Non seulement nous sommes sans nouvelles ni de Paris, ni de notre armée, mais on ne sait même plus ici, aujourd'hui, si le siége du gouvernement est toujours fixé à Tours.

Six heures du soir. 1,000 nouveaux prisonniers nous arrivent encore sous l'escorte de 70 ou 80 cavaliers prussiens. Dans ces circonstances malheureuses, la ville doit faire d'énormes sacrifices pour subvenir au soulagement de ces pauvres soldats qui se succèdent journellement chez nous.

15. — Le Préfet adresse la circulaire suivante à MM. les Maires du département :

Le décret du gouvernement général, à Reims, du 9 novembre porte : « que les Maires de toutes les communes remettront,

« dans les huit jours, au préfet, des rapports mentionnant le
« jour de l'ouverture des classes ou les motifs qui s'y oppo-
« sent, et les noms des instituteurs et institutrices en fonc-
« tions, ainsi que le traitement qu'ils avaient jusqu'ici le droit
« de percevoir de la caisse de l'Etat.

« Il n'y a qu'un très-petit nombre de maires qui m'aient fait
« parvenir ce rapport.

« Il en est de même des listes des jeunes gens soumis à la
« conscription pour la ligne et la garde mobile. Ces listes ne
« me sont parvenues que partiellement.

« Enfin, très-peu de maires m'ont envoyé leur rapport au
« sujet de la remise des armes dont parle ma circulaire du 28
« novembre.

« Ces irrégularités ne peuvent être tolérées.

« En conséquence, j'engage MM. les Maires à me faire par-
« venir les rapports sus-mentionnés dans le plus bref délai.
« Les retardataires seraient frappés d'une amende de 50
« francs.

« Pour prévenir des erreurs, j'ajoute que le décret concer-
« nant la conscription n'a pour but que d'établir un contrôle
« relativement à la présence des jeunes gens dans leurs com-
« munes.

« Finalement, j'ai l'honneur de porter à la connaissance de
« MM. les Maires qu'un bureau de poste a été établi ici, rue
« Saint-Ambroise, n° 20, qui prend les lettres du public fran-
« çais pour les territoires de la France occupés et non occupés,
« pour l'Allemagne et l'étranger.

« *Le Préfet,*

« Signé : Comte de Furstenstein. »

9 heures. — Départ, tambour battant, pour Fontainebleau
de 250 fantassins de la landwehr. Ces pères de famille aime-
raient mieux, disent-ils, retourner dans leurs foyers que de se
diriger sur la Loire.

Il n'est qu'un bruit en ville ce matin sur l'affaire de Beau-
gency qui aurait eu lieu dimanche dernier et où les nôtres
auraient fait des prodiges contre une masse de Bavarois qui

auraient été décimés. Aussi a-t-on vu de là, hier, entrer dans Corbeil, d'un seul convoi, près de 175 voitures chargées de blessés dont 130 officiers.

De midi à quatre heures, les armées en présence brûlent de la poudre dans la direction de l'ouest d'où l'écho arrive ici très-distinctement.

16. — 7 heures du matin. Passage d'un ballon monté et encore éclairé venant du sud-est et se dirigeant directement sur Paris. Espérons que ces hardis navigateurs aériens y arriveront à bon port.

La commune de Bois-le-Roi a dû verser hier, sous peine de se voir arriver une garnison prussienne, sa quote-part du million imposé au département par le gouvernement allemand.

On apprend que, par suite de l'avancement de l'ennemi sur la Touraine, le gouvernement de la Défense nationale vient de transférer son siége à Bordeaux.

On affirme aussi que Gambetta a pris le commandement général de l'armée de la Loire.

17. — Passage de plus de 50 voitures du 3ᵉ d'artillerie se dirigeant sur Lagny. Au même instant, des caissons du 10ᵉ se dirigent sur la Loire et se rencontrent sur l'avenue du chemin de fer.

200 hommes (ambulanciers) sont logés par billets chez les habitants du quartier Saint-Ambroise.

Le canon s'est encore fait entendre hier et aujourd'hui dans la direction de Brie.

18. — Une canonnade formidable, comme on l'a rarement entendue ici, tonne encore aujourd'hui sur Paris ou dans la direction : certains coups font trembler les vitres.

La disette de nouvelles, dans ces moments de troubles, de guerre et d'envahissement, fait d'autant plus aimer la réception d'une rare lettre. C'est ainsi qu'hier les parents d'un soldat de l'ancienne armée du Rhin reçurent de leur fils aîné qui n'avait pas donné signe de vie depuis plus de trois mois ; le cadet étant depuis incorporé dans la mobile) une missive qui semble être assez intéressante pour être rapportée ici fidèlement :

Lille, 17 novembre 1870.

« Chers parents,

« Il me tardait de vous envoyer de mes nouvelles, car le « jour de la Toussaint je suis sûr que vous êtes allés aux « vêpres des morts prier pour moi; mais consolez-vous, votre « fils est en bonne santé et prêt à entrer de nouveau en cam-« pagne.

« Après sept batailles et deux combats sur le dos, il m'a « fallu presque mourir de faim et de misère, et ensuite, ce qui « est affreux et ce que l'on ne peut comprendre, ce Bazaine « m'a livré aux Prussiens le 29 octobre avec plusieurs milliers « d'autres, parmi lesquels se trouvent Lebesson, Verdier, « Guespin et Dumaine, de Chartrettes, qui se portent bien.

« Mais moi, au risque de ma vie, je me suis évadé des pri-« sonniers de guerre six jours après et voici comment : Nous « étions conduits en Prusse; arrivés à Saar-Louis, au moment « où on allait partir en chemin de fer, j'avisai un petit bois « qui se trouve à 4 ou 500 mètres de là, je pris mes jambes à « mon cou et galopai comme un cerf. Une douzaine d'autres, « fantassins et cavaliers, imitèrent mon exemple. Nous avions « à peine parcouru la moitié de la distance qu'une vive fusil-« lade était dirigée contre nous. J'entends un cri, je me re-« tourne et je vois un dragon étendu par terre ; c'est, je crois, « le seul qui ait été tué, tous les autres sont arrivés au bois, « mais quelques-uns blessés. J'errai ainsi pendant plusieurs « jours à travers les bois dans le jour et la plaine la nuit à « travers les camps prussiens. Enfin, pour traverser la Moselle « et entrer en Hollande, il nous fallut occir un gendarme « prussien et garrotter un factionnaire. — Je gagnai Lille en « passant par la Hollande et la Belgique.

« Aujourd'hui, je suis engagé pour la fin de la campagne « dans l'armée du Nord — Nous sommes prêts à partir.

« J'aurais bien des choses à vous dire sur le triste sort de « l'armée du Rhin, mais j'espère vous raconter cela plus tard.

« Qu'il vous suffise pour le moment de savoir que j'étais aux
« batailles de Sarrebruck, Forbach, Reischoffen, Vissembourg,
« Borny, Gravelotte, Saint-Privas-les-Montagnes, et en plus
« deux petits combats d'avant-postes, car avec les quatre régi-
« ments de chasseurs d'Afrique nous engagions la bataille et
« nous la terminions. Nous précédions toujours la grande
« armée d'une demi-journée de marche, et enfin je vous
« dirai que si je n'étais pas à Sedan j'ai eu la honte d'être à
« Metz au moment de la capitulation.

« J'attends de jour en jour l'épaulette de sous-lieutenant. Je
« suis porté de nouveau sur le tableau et mon tour arrive.

« Je termine en vous embrassant, etc.

« A. LAMBIN,

« Maréchal-des-logis en subsistance à la 2ᵉ batterie (ter)
« du 15ᵉ régiment d'artillerie, à Lille ou à la suite. »

19. — 8 heures du matin. Départ pour la Loire d'environ
200 brancardiers et une quinzaine de voitures d'ambulances
que nous avons ici depuis deux jours : ces hommes, à pied,
ne sont armés que de pistolets. Les voitures sont chargées de
brancards et civières : triste cortége que celui-là.

Environ quarante officiers blessés sont dans les ambulances
de Melun.

Le canon se fait encore entendre aujourd'hui dans la même
direction.

Nous sommes toujours sans nouvelles de Paris et de nos
armées.

Hier, une jeune dame se rendit au bureau de poste ; là, après
y avoir exhibé une lettre toute de famille, l'employé-soldat,
après en avoir pris toutefois lecture, voulut faire ajouter par
cette personne au bas du libellé ces quelques mots menson-
gers : Paris a capitulé. Indignée de tant d'audace, cette dame
déchira immédiatement sa lettre et disparut, au grand ébahis-
sement des agents prussiens.

Notre préfet fait afficher en ville quatre placards en allemand et en français imprimés à Nancy, annonçant que le service des postes est définitivement organisé.

Les rôles sont dressés : le département de Seine-et-Marne rapporte à l'État français en contributions de toute nature et en enregistrement et timbre environ 24 millions, soit 6 millions pour le trimestre d'octobre, novembre et décembre 1870. C'est cette somme que les Prussiens réclament. Ils ont fait la répartition et ils ont envoyé à toutes les communes du département l'ordre d'avoir à acquitter (sauf leur recours contre les contribuables), avant le premier janvier prochain, le montant de leur quote-part. Celle à la charge de la ville de Melun, seule, est de 116,350 francs. L'administration municipale voudrait tâcher de faire venir en déduction les 50,000 francs qu'a déjà coûté à la ville rien que la garnison actuelle que nous avons depuis un mois. Quant aux réquisitions fournies aux Wurtembergeois et aux différentes troupes de passage, il n'en est pas question et on sera déjà bien heureux si on peut obtenir ce que l'on demande. C'est à Reims qu'est le siége de l'administration des finances allemandes ; c'est de là que sont parties toutes les pièces et c'est de là qu'on a adressé la proposition.

Extrait de l'État général concernant la contribution imposée par le Gouvernement allemand dans le canton nord de Melun.

CANTON NORD.

	Par an.	Par mois.
Boissettes......................	6,540 fr.	
Boissise-la-Bertrand.............	14,592	
Cesson........................	17,220	
Le Mée........................	24,492	
Livry.........................	17,768	
Maincy........................	47,928	
Melun.........................	465 408	38,784 fr.
Montereau-sur-le-Jard	35,988	
Nandy	20 976	
Rubelles......................	16,680	
Saint-Germain-Laxis...........	23,320	
Savigny-le-Temple.............	27,948	
Seine-Port....................	35,112	
Vaux-le-Pénil.................	40,500	
Vert-Saint-Denis..............	43,644	
Voisenon......................	13 056	
Total.........	851.172 fr.	70,931 fr.

CANTON SUD.

	Par an.	Par mois.
Arbonne..............................	7.896 fr.	
Boissise-le Roi................	18.168	
Cély...................................	20.064	
Chailly-en-Bière...............	49,032	
La Rochette....................	11.784	
Perthes..........................	30,612	
Pringy.............................	19.308	
Saint-Fargeau.................	52,200	
Saint-Germain-sur-Ecole........	6.096	
Saint-Martin-en-Bière	13.740	
Saint-Sauveur-sur-Ecole........	20 892	
Villiers-en-Bière................	19,752	
Dammarie-les-Lys...............	47,232	
Fleury-en-Bière.................	24 168	
Total.........	340.914 fr.	28.412 fr.

Le Commissaire général de l'administration des contributions,

(Signé) POCHHAMMER.

21. — Rien de nouveau, si ce n'est passage et séjour continuel de troupes en petits détachements et de différents états-majors. Les réquisitions vont leur train et le chiffre total commence à être très-élevé. La ville s'occupe de la perception des contributions, car tout doit être payé le 6 janvier, en exécution des ordonnances du gouverneur général de Reims. Un avertissement certifié par le maire est adressé à chaque contribuable, qui devra payer dans les cinq jours.

22. — Une quarantaine de prisonniers, arrivés ici hier, sont conduits ce matin sur Brie-Comte-Robert. Ces hommes étaient, depuis le dernier passage, restés malades ou éclopés et gardés à vue à Fontainebleau. Plusieurs d'entre eux, encore convalescents, sont forcés de faire le trajet en voitures découvertes et par un froid de 10 degrés.

On apprend que, par suite du retard mis par la ville de Provins à payer 20,000 francs réclamés par les Prussiens pour la vente de quatorze chevaux pris, il y a un mois, à quatorze cavaliers prussiens tués par les francs-tireurs, six conseillers municipaux de cette ville furent emmenés de force, vendredi dernier, de Provins à Corbeil par Tournan, en voiture escortée de soixante hommes. Deux autres conseillers municipaux sont allés, ce matin, porter les 20,000 fr. et on a mis en liberté les six prisonniers : ils sont restés cinq jours entiers en prison.

23. — Midi. Arrivée par les Carmes de 1,077 hommes de la landwehr prussienne, à casques gouttières, tous bien équipés et chaudement vêtus, suivis de soixante fourgons remplis de sacs, bagages, couvertures de voyage, munitions, etc., et de deux calèches françaises, volées on ne sait où, attelées chacune de deux beaux chevaux.

Depuis trois jours on n'entend plus gronder le canon.

Toujours pas de nouvelles de Paris.

On se demande aussi où en est l'armée de la Loire, dont nous n'entendons plus parler depuis ses derniers malheurs à Orléans.

Les fantassins arrivés ce matin sont, en grande partie, des Polonais du duché de Posen qui n'ont pas encore donné, et des Hanovriens. Les officiers sont insolents, exigeants, ils veulent la meilleure chambre, avec *sofa*, plusieurs plats de viande et du bon vin ; en outre, ils brûlent un demi-stère de bois en une nuit. Ils n'ont aucune retenue : leur pays est pauvre, le nôtre est riche, ils veulent nous ruiner par tous les moyens, et ils répètent toujours : « Oh! Melun, ville riche, peut payer tout. » Il y a une expression qu'ils connaissent tous et qu'ils emploient constamment, c'est : *tout de suite*. — Ainsi : du bois, une chambre, du bon vin tout de suite.

24. — Départ sur l'Orléanais de toutes les troupes et matériel arrivés ici hier. — Le froid est descendu, ce matin, à 14 degrés.

8 h. 45 m. du soir. — Rien n'est plus triste que ces longues soirées d'hiver. — On entend, comme d'habitude, sonner le couvre-feu.

Les autres années, à pareille époque et à cette heure, on commençait à se préparer pour la messe de minuit, et ensuite

5

au petit réveillon d'usage. Espérons et prions à l'occasion de l'anniversaire de l'apparition du Sauveur sur la terre, qu'il nous délivre, le plus tôt possible, du triste fléau qui pèse aujourd'hui sur notre pauvre France.

25. — Environ 100 hommes du 79e prussien se dirigent ce matin sur Orléans.

Triste jour de Noël pour nous.

Un pasteur allemand célèbre l'office dans l'église Notre-Dame, dont l'autel et le chœur ont été voilés. Le préfet, avec son casque et ses grandes bottes, des officiers et environ 1,000 soldats prussiens assistent à cette cérémonie.

Midi. 200 hommes entrent, tambour battant, par la rue du Faubourg-Saint-Barthélemy. Ces troupes doivent être nourries et couchées chez l'habitant. C'est à ne rien comprendre pour nous des marches et contre-marches de ces fractions de régiments ennemis sur des points différents.

Une lettre-journal, parvenue de Paris ici après trente jours de date, fait savoir qu'à cette époque Paris avait encore pour plus de six mois de vivres, comme pain et vin ; quant à la viande, elle devenait tellement rare que les chevaux, les chiens, les chats et les rats y passaient tour à tour pour l'alimentation.

Ainsi qu'on le voit, les Parisiens se trouvent être aujourd'hui dans une bien pénible position.

On attend toujours du général Trochu une sortie générale des gardes nationaux et mobiles devant faire jonction avec les grands corps d'armée.

26. — Au matin, une personne digne de foi rapporte qu'hier, en revenant de Montereau-faut-Yonne (voyage qu'il n'est pas prudent d'exécuter aujourd'hui) et traversant les bois de Valence, elle aperçut environ 250 francs-tireurs armés de carabines à sept coups. Ce corps franc attendait en cet endroit le passage des Prussiens qui font, depuis quelque temps, le service des postes de Melun à Montereau. — En effet, on apprend d'abord que deux Allemands sont tués par eux dans cette forêt et qu'ensuite six hommes, escortant la poste, ont été égale-

ment perdus. Malheureusement on dit qu'un jeune homme français, requis pour conduire la charrette contenant les dépêches, fut atteint d'un coup de feu qui n'est pas sans gravité pour cette pauvre victime.

Pour ce fait on s'attend à des représailles ou à Valence ou à Montereau de la part de nos ennemis.

27. — 300 cavaliers et 1,200 fantassins, venant de Lagny, font séjour à Melun. Le tout est encore nourri et couché chez l'habitant. Le quartier Saint-Ambroise en est infesté. Les fantassins sont Prussiens-Polonais catholiques, généralement mariés et pères de famille (14e régiment de la landwehr, grand-duché de Posen).

La neige tombe en assez grande abondance ; la terre est gelée très-fortement et les glaces couvrent presque entièrement la Seine. Il n'est guère possible de passer ici des jours d'hiver plus rigoureux.

28. — Départ par Nemours des troupes arrivées hier. On dit qu'elles vont renforcer le corps de Frédéric-Charles. 40 à 50 voitures suivent ce convoi. — On remarque avec peine, parmi cet attirail, 7 fourgons ou chariots sur lesquels on lit : « 3e régiment de ligne, 7e corps d'armée. » Cela doit provenir de nos débris de Metz ou Sedan.

La cavalerie, qui depuis deux mois stationne à Melun, part enfin pour Corbeil. Il ne reste plus ici, comme garnison, que l'infanterie. laquelle, depuis neuf semaines, est hébergée chez les mêmes habitants du quartier Saint-Étienne : ceux de l'avenue Saint-Ambroise ont aussi l'ennui de posséder des Allemands sédentaires. Rien n'est plus pénible que cette position. Etre forcé de coucher, chauffer (l'hiver est des plus rigoureux) et éclairer ses ennemis, les posséder indéfiniment à son foyer et ne pouvoir rien faire pour empêcher cet état de choses.

Dieu de Dieu ! délivrez-nous du mal et des Prussiens, et le plus tôt possible.

29. — En l'absence de nouvelles et journaux, nous devons croire qu'une affaire assez chaude aurait eu lieu ces jours derniers, à Beaumont-en-Gâtinais, par l'arrivée ici de 120 ou 130

blessés prussiens venant de cet endroit, et déposés aux ambulances de l'Hôtel-Dieu et du collége.

Des Prussiens disent, avec calme et conviction, que Paris sera bombardé en janvier prochain, que la France paiera beaucoup de millions à eux, et Prusse avoir Lorraine et Alsace. — Prusse grande, disent-ils, tous Prussiens, et puis *ia!* *ia!* France, malher, bonne Franciss, etc. Enfin, suivant eux, un programme, tracé d'avance par Bismark, doit s'accomplir mathématiquement.

Dix heures du matin. 50 chariots et fourgons du 5ᵉ régiment d'artillerie prussienne, attelés de chacun six chevaux et chargés de munitions de guerre venant du chemin de fer de l'Est, traversent la ville et se dirigent encore vers l'Orléanais.

La nuit dernière, 30 hommes de nos ennemis ont pénétré, après s'en être fait donner les clés par le sacristain, dans l'église Saint-Aspais, ont coupé les cordes des cloches et de l'horloge et sont rentrés tranquillement au quartier. On se perd en conjectures au sujet de cet acte qui est, dit-on, commis pour empêcher de faire entendre le tocsin en cas d'alerte.

On apprend avec peine que M. Voisin, procureur de la République, très-estimé à Melun depuis longtemps à cause des nombreux services qu'il a rendus au pays, surtout depuis l'invasion, vient d'être enlevé de son domicile par les autorités prussiennes. Voici le fait :

Hier mercredi, dans l'après-midi, le sieur d'Albert, lieutenant de police prussien, accompagné de deux argousins, dont l'un est resté à la porte, est entré au parquet du procureur de la République. M. Voisin y était et les reçut : on lui déclara qu'on venait faire perquisition dans son cabinet et on le pria de rester dans une pièce à côté : il offrit ses clés, mais elles furent refusées, et les deux agents de police, munis de pinces et d'un marteau, fracturèrent un bureau et un cartonnier qu'ils visitèrent en tous sens. On ne trouva rien. Ils se rendirent ensuite à son domicile, quai des Abattoirs, nº 16, et là, ils firent la même opération avec les mêmes moyens et visitèrent avec soin tous ses papiers : ils s'emparèrent d'abord d'un manuscrit contenant le récit, par M. Voisin lui-même, de ce qui s'est passé le 29 septembre au Châtelet ; ensuite de deux dossiers d'instruction relatifs à une procédure instruite contre Kasriel. Ricci et Gerfault qu'on avait arrêtés comme espions prussiens. et que le préfet a fait mettre en liberté d'autorité, il y a quinze jours.

29. — Il est certain que la police allemande ne savait pas trouver chez M. Voisin ces pièces compromettantes, et que leur but était tout simplement de se défaire de notre Procureur de la République comme elle a fait à Versailles, Fontainebleau, Corbeil, etc.

M. Voisin avait ici beaucoup d'influence sur la population ; il l'a toujours employée, depuis l'occupation, à calmer les enragés et à empêcher de cruelles représailles. Depuis que le Tribunal ne fonctionne plus, ces messieurs les Prussiens ne sont pas contents, car leur ambition est de tout réorganiser à leur manière : contributions, postes, etc. Ils auraient voulu pouvoir dire que la justice continuait son cours ; ils avaient, assure-t-on, signifié à M. Voisin d'avoir à s'occuper des affaires du parquet et de l'instruction, se réservant pour eux celles politiques ou ayant trait à la guerre, et M. Voisin leur aurait courageusement refusé de faire quoi que ce soit sous leur patronage et encore moins de diviser ses fonctions. Bref, on voulait le faire disparaître et on a réussi à trouver quelques papiers compromettants à leurs yeux. Aussi, aujourd'hui, à midi, l'a-t-on emmené à Corbeil sous escorte, et sans lui dire s'il reviendra.

Un sieur Toqué, agent d'assurances à Melun, a été conduit et retenu prisonnier à Corbeil pendant un mois, pour s'être chargé, comme intermédiaire, de faire passer à des habitants des lettres fort anodines ; il est maintenant à Mayence, sans aucun espoir de revenir à Melun avant la fin de la guerre. Ce fait et bien d'autres, de nous tous connus, nous font craindre que M. Voisin ne soit à son tour dirigé sur la Prusse. S'il en est ainsi, ce sera une épreuve cruelle qu'il aura eu à subir pour avoir toujours fait son devoir, et il faut espérer qu'elle lui sera comptée à son retour.

30. — La Seine est entièrement gelée.

A cause de l'intensité du froid, on remarque toute la sollicitude de l'Administration prussienne pour ses soldats. Aussi, dès hier, on voyait, sans peine, aux pieds de toutes les sentinelles allemandes en ville, les énormes boites bridées qui recouvrent leurs chaussures. Quelques soldats mettent encore du foin dans ces sabots et paraissent fiers de se promener ainsi, l'arme horizontalement placée sur l'épaule et dans leurs bois. Des gants fourrés aux mains ne leur font pas défaut non plus.

Le paiement des impositions marche toujours, pourtant il y a des récalcitrants volontaires : beaucoup n'ont pas d'argent. Le Conseil municipal a fait afficher dans les rues un avis annonçant que les *mesures militaires* édictées par les ordonnances prussiennes seraient exercées individuellement contre ceux qui ne paieraient pas dans le délai prescrit. — Je ne sais si cela intimidera, mais les mécontents continuent à crier beaucoup.

A partir d'aujourd'hui, les deux factionnaires disparaissent de l'entrée de l'avenue Saint-Ambroise pour se porter au-delà du pont du chemin de fer (route de Fontainebleau, en face celle de Ponthierry) où presque toutes les personnes sont arrêtées et les voitures fouillées. Un poste est établi aussi, à partir d'aujourd'hui, dans les bâtiments de la gare. Les autres entrées de la ville sont également gardées à partir de ce jour. Ces précautions sont prises, dit-on, par suite de l'approche d'un corps fra c qui se trouverait dans les environs de Montereau ou de Bray-sur-Seine.

Un général prussien, blessé près Orléans, est arrivé aujourd'hui à Melun, accompagné de toute une escorte d'officiers : c'est l'hôtel du *Grand-Monarque* qui a le triste honneur de recevoir ce personnage.

150 hommes du 2ᵉ d'artillerie accompagnant un matériel d'environ 50 fourgons chargés de munitions de guerre, descendent ce soir le faubourg Saint-Barthélemy. Le tout stationne en ville.

Le canon tonne depuis ce matin dans la direction de Brie.

Aujourd'hui nous pouvons communiquer, par la poste prus-

LES PRUSSIENS DANS LEURS BOIS.

sienne, avec les départements qui, comme nous, ont le malheur d'être envahis.

Toujours sans nouvelles, autres que celles mensongères que les Prussiens répandent parmi nous, ainsi que des calomnies et médisances qu'ils ne cessent de déverser sur notre France, notre armée, tournant en ridicule Gambetta, notre Gouvernement national et les efforts qu'il fait pour organiser des armées. L'histoire, un jour, saura établir ce que sont leurs prétendues victoires et ce qu'est leur bravoure. Ils nous écrasent par leur nombre, et en hommes et en artillerie; ils sont organisés et nous ne le sommes pas. Leurs craintes continuelles, leurs chimères, leur pusillanimité quand ils ne sont pas dix contre un : voilà ce que nous sommes à même de reconnaître chaque jour : nous le voyons en petit et partout il en est de même. L'histoire donc saura faire la part de tout, et elle enregistrera aussi la manière barbare dont le plus souvent la guerre a été faite par eux.

5 heures 1/2 du soir. — On sait ici, par une personne qui arrive de Corbeil, que M. Voisin vient d'être emmené en Allemagne; il sera interné à Mayence.

31. — Le canon est encore entendu ce jour sur Paris.

Par suite, de pressantes demandes des contributions de guerre, un grand nombre de contribuables se presse aux bureaux de versements, à l'Hôtel-de-Ville, où les thalers affluent comme par enchantement.

Les 50 fourgons arrivés hier et qui devaient filer sur la Loire, reçoivent contre-ordre et retournent sur leurs pas.

Voici quelques détails sur la vraie cause de l'enlèvement de notre Procureur. Il y a environ trois semaines, le Préfet prussien ayant cru devoir faire mettre en liberté les trois espions sus-nommés, détenus à la Maison d'arrêt, le parquet rédigea une protestation. Sur ce, M. Voisin fut appelé à la préfecture, et c'est dans cette entrevue que ce dernier répondit très-froidement et très-dignement à toutes les questions qui lui furent posées. Le préfet somma, en outre, le Procureur de continuer son service, mais seulement pour les délits et crimes civils, se réservant, lui, Préfet, les crimes politiques et la haute-main sur toute l'instruction. M. Voisin, bien entendu, s'est refusé à continuer ses fonctions sous la surveillance de l'autorité prussienne et encore moins à les partager.

A Corbeil, il a passé plusieurs heures sur la paille avec le procureur de Fontainebleau (M. Feret); il a obtenu, grâce aux vives sollicitations de madame Legoux, femme d'un magistrat de Corbeil, de passer la nuit sous le toit de son collègue. Enfin. après bien d'autres péripéties, il est parti vendredi, à midi, pour Lagny, route d'Allemagne.

JANVIER 1871.

1er. — Matinée très-calme en ville; mais le canon tonne sans interruption.

Un ballon venant de la direction de Paris est passé hier au soir, à neuf heures et demie, au-dessus de Melun, se dirigeant vers l'ouest.

8 heures. 45 voitures de réquisitions venant du chemin de fer de l'Est et chargées de viandes salées et d'effets à destination de l'armée de la Loire, quittent Melun et se dirigent sur Fontainebleau.

10 heures. — Environ 50 chariots, attelés chacun de quatre et six chevaux, et dépendant du 3e corps d'armée ennemie, traversent la ville pour se rendre des environs d'Orléans à Lagny.

Ce premier jour de l'an, d'habitude si gai, est attristé par l'envahissement et par l'effet général de nos affaires publiques. C'est un vrai deuil pour notre pays. Le canon qui se fait toujours entendre ajoute encore à ce sombre tableau.

Le receveur principal des postes, connaissant toute la sollicitude de l'administration pour ses agents, et voyant l'hiver sévir avec toutes ses rigueurs, sans pouvoir payer leur traitement, puisqu'il ne faisait aucune recette, prit la résolution d'aller dans le département le plus voisin, non envahi, à Nevers, pour en rapporter de quoi subvenir aux besoins les plus pressants.

Le 20 décembre dernier, les lignes de fer faisant complétement défaut, il put profiter d'une voiture en commun avec divers voyageurs se rendant dans le centre de la France.

Ce voyage ne se fit pas sans peine. On eut d'abord à supporter un froid de 14 degrés, en s'arrêtant dans des auberges pillées par les Prussiens, puis suivi de près par des éclaireurs ou des patrouilles, et souvent obligé d'aller prendre ses repas dans des localités éloignées, la plupart des grandes routes étant coupées et couvertes d'arbres abattus.

Au retour même, à Cosne, le départ de cette ville eut lieu en même temps que des batteries d'artillerie se rendant au-devant de l'ennemi, ce qui força notre voyageur à revenir par des chemins de traverse, afin de ne pas se trouver au milieu de luttes dans lesquelles il ne pouvait être d'aucune utilité.

Enfin, dans ce voyage, qui a duré onze jours pour franchir 399 kilomètres, le résultat a dépassé les espérances du receveur, puisqu'il lui a permis de rapporter assez d'argent pour payer non seulement les agents de Melun pour plusieurs mois, mais encore d'y faire participer des agents d'autres bureaux du département dans une assez large mesure.

2. — Arrivée à la mairie d'une avant-garde composée d'environ 40 cuirassiers venant des environs de Villeneuve-Saint-Georges ou Montgeron. Presque au même instant, un autre groupe de dragons fait également son apparition à l'Hôtel-de-Ville et annonce, pour la soirée, l'arrivée de toute une division de leur armée, composée de 20 ou 25,000 hommes : ce fut un coup de foudre pour la cité.

En effet, vers cinq heures, 6 batteries précèdent cette troupe et se casernent en partie au quartier de cavalerie. Quelques instants après, la ville est entièrement envahie par divers régiments qui arrivent tambours et musique en tête. C'était, pour toute la population, un moment d'effroi et de crainte que de voir l'entrée de cette masse ennemie chez nous. Enfin, ces troupes défilent jusqu'à huit heures, encombrent toute la ville et ses abords, et finissent par trouver, tant bien que mal, à se masser chez l'habitant : nous n'avons pas eu encore de passage aussi considérable. Cette armée, formant un ensemble d'ordre remarquable, est parfaitement équipée et comprend en général tous hommes solides, disciplinés et résolus.

A 9 heures, des sous-officiers désignent encore quelques

logements, mais cette mesure ne pouvant être générale, il en est résulté de véritables avalanches dans la plupart des habitations. Enfin, pour donner une idée de cet encombrement, il suffit de dire qu'il m'en est échu 79 dans la maison, avec armes et bagages. Ils appartenaient au 2e régiment d'infanterie (Saxons). Plusieurs d'entre eux parlent un peu français.

On estime que nous possédons ce soir en ville 15,000 hommes, dont 1,000 cavaliers et 60 pièces de canon.

Ce ne serait, dit-on, que la moitié du 2e corps d'armée qui doit passer par ici.

3. — Après une nuit d'insomnie, comme bien on pense, tous les logements étant plus que remplis, et à cause du bruit et de la circulation de toute cette soldatesque, un défilé extraordinaire commence à s'effectuer à 7 heures du matin On a rarement vu ici un aussi grand nombre de troupes ennemies réunies. L'avenue du chemin de fer, pourtant assez vaste, paraissait trop étroite pour le passage de ces Allemands. C'est d'abord l'infanterie, la cavalerie, l'artillerie comprenant un matériel de guerre extraordinaire, ensuite un service complet d'ambulance qui entraîne à sa suite un nombre considérable de voitures chargées de toutes sortes de munitions, vivres, etc. Enfin, à 2 heures du soir, il en passe encore. — Le tout se dirige sur Orléans par Fontainebleau et doit coucher la nuit prochaine partie à Nemours ou environs.

Cette armée, qui vient des environs de Paris, se dirigerait à marches forcées pour porter secours au prince Frédéric-Charles, qui aurait été, dit-on, harcelé ces jours derniers par le général Cha: zy.

3 heures du soir. On apprend à l'Hôtel-de-Ville que nous devons encore avoir ce soir la visite de troupes considérables dans notre cité.

En effet, le surplus du corps d'armée annoncé fond sur la ville à quatre heures, et notre malheureux pays est encore une fois envahi par ces hordes étrangères. Des détachements de cavalerie doivent trouver gîte à La Rochette, d'autres sont dispersés à Dammarie, Brolles, etc.

4. — Une dépêche que l'on assure être de source certaine circule en ville.; elle est ainsi conçue :

« Bordeaux, 3 janvier 1871. — Joigny, Auxerre, Dijon, « Gray, évacués par Prussiens. — Bourbaki parti dans l'Est « avec 130,000 hommes. — En ce moment, les troupes fran-« çaises à Dijon et Gray marchent sur Vesoul et Belfort. Dans « le Nord, général Faidherbe a repris La Fère et Ham. Amiens « probablement repris aujourd'hui. Le Havre débloqué ou du « moins les Prussiens se sont repliés sur Rouen. 200,000 « Français de Nevers seront mis en marche mercredi remon-« tant vers Gien avec 180 canons et 60 mitrailleuses. Chanzy « dans une position formidable sur Meung avec 120,000 « hommes. — Confiance générale. »

Après la lecture de cette dépêche, la population semble renaître à l'espoir.

A partir de 7 heures et demie, ce matin, les troupes logées en ville commencent par défiler encore sur la direction de Fontainebleau. Viennent ensuite et sans interruption toutes celles campées ou couchées dans les villages voisins, et le nombre en est grand. Enfin, les 25 ou 30,000 hommes annoncés de ce corps d'armée sont en marche pour l'armée de la Loire. Dieu veuille que nous ne les voyions pas repasser chez nous.

4 heures du soir. 7 ou 800 Prussiens nous arrivent encore et couchent en ville.

5 heures. Un matériel considérable de chariots portant des bateaux et des chaloupes (plusieurs de ces dernières sont blindées) vient se caser pour la nuit au quartier de cavalerie.

5. — De 8 à 9 heures du matin, départ de Melun, toujours pour la Loire, d'un régiment d'infanterie et du matériel de pontonniers arrivés la veille.

Les fantassins (58ᵉ) qui depuis plus de deux mois sont logés chez l'habitant rentrent enfin ce matin au quartier d'infanterie.

La cavalerie (dragons) nous a aussi débarrassés de sa présence.

Il ne nous reste plus aujourd'hui comme garnison que 250 ou 300 Prussiens de la landwher.

Cette journée devra faire époque dans les fastes de cette malheureuse guerre, à en juger par la canonnade extraordinaire entendue sur Paris ce matin, de 4 heures à 10 heures, sans interruption d'une minute. — C'est peut-être une sortie générale du corps d'armée de Paris ou un bombardement tel, du reste, qu'il ne produit qu'un seul roulement de tonnerre jusqu'ici.

La température est des plus rigoureuses : il gèle à 14 degrés centigrades.

6. — 3 heures du matin. Toujours même bombardement sur Paris ; l'écho est tel qu'il fait trembler le sol à plus de 40 kilomètres.

Midi. Toujours le même roulement de tonnerre.

Rien n'est plus triste que notre position. Chacun se demande quel sera le résultat et quand finira cette affreuse guerre.

Retour en ville d'environ 150 hommes du 58e régiment prussien, lesquels viennent, dit-on, de Montereau-faut-Yonne requérir le paiement d'une somme assez importante que cette ville a dû verser aux autorités allemandes par suite de l'affaire des francs-tireurs dans les bois de Valence. Cette troupe, logée depuis trop longtemps chez les habitants du quartier Saint-Etienne, rentre assez cavalièrement et comme chez elle à son ancienne demeure.

7. — Après 52 heures de canonnade sans interruption, nous en attendons le résultat.

Des personnes disent que c'était le bombardement par les Prussiens des trois forts d'Issy, de Vanves et de Montrouge, au sud-ouest de Paris, direction de Versailles, où se trouve toujours le vieux Guillaume ; d'autres affirment que c'était le fort de Nogent qui ripostait aussi. Enfin, bien qu'assez rapprochés du théâtre de la guerre, il nous est impossible d'avoir des renseignements exacts de ce qui s'y passe. On assure pourtant que des pertes sérieuses ont été éprouvées par les Prussiens sur la Marne.

Espérons donc pour le succès de nos armes et sachons patiemment attendre.

Midi. Arrivée en ville d'un attirail du 2e régiment d'artillerie ennemie, ne comprenant que des fourgons chargés de munitions. Environ 35 voitures stationnent sur le boulevard Chamblain. Le tout ne doit partir que demain au matin pour Orléans. Les chevaux sont remisés aux écuries du quartier, et les 150 hommes accompagnant ce convoi sont répartis en ville et par billets de logement.

La Seine est toujours gelée. — On craint pour la passerelle (seul passage qui nous est réservé pour communiquer en ville) lors de la prochaine débàcle.

4 heures du soir. Encore une alerte en ville. Il nous vient de Corbeil environ 950 hommes d'infanterie avec tambours et fifres. Le tout s'arrête sur le boulevard Saint-Jean. Là, des billets de logement sont distribués à cette troupe, qui doit être logée chez les habitants du quartier Saint-Liesne.

8. — Huit heures. Défilé des chariots arrivés la veille, avec 160 hommes à pied et à cheval. Le tout se dirige vers Fontainebleau.

Un nouvel avis émanant de l'autorité allemande ordonne aux retardataires de payer sans délai leurs contributions prussiennes ; faute d'exécution immédiate, les peines deviendront individuelles.

Un habitant de la rue Neuve rapporte que mercredi dernier, lors du passage ici de tout un corps d'armée prussienne se dirigeant sur la Loire, il lui est arrivé le soir, entre autres, un officier à loger. Après l'exhibition de son billet et avoir prononcé quelques mots en assez bon français mêlé pourtant d'un léger accent tudesque, notre compatriote, qui est éloigné de la timidité, toise son homme hardiment du regard et lui dit carrément : « Vous n'avez pas une figure prussienne, vous... « Mais..., je ne me trompe pas, vous êtes W***, ancien sous- « lieutenant au 1er cuirassiers de la garde en garnison ici en « 1861. Vous avez donc repris du service à l'étranger...? » Ce transfuge, feignant de ne rien comprendre à ces observations, balbutie quelques mots en allemand, sort assez précipitamment de la maison, et disparaît pour n'y plus rentrer. Le billet de logement seul resta entre les mains de notre compatriote.

La lâche trahison de cet officier n'a pas besoin de commentaires.

9 heures du matin. Les 950 fantassins arrivés la veille sont rangés en bataille sur le boulevard Saint-Jean et se disposent à partir pour Orléans par Fontainebleau, lorsque arrive je ne sais de quel endroit une estafette porteur d'un contre-ordre et disposant le départ de ces troupes sur Montereau. Les fusils sont chargés sur-le-champ

A ce moment se produit l'incident suivant :

Un sergent de ce passage est accusé par une femme d'avoir soustrait, ce matin, à son départ de chez elle, le cache-nez, très-soigné, qu'elle même avait tricoté, et dont elle avait fait cadeau à son mari pour ses étrennes dernières. Cette femme, parlant un peu allemand, explique ce vol au commandant de la troupe, qui se trouvait là avoir son personnel sous la main. Justement le sous-officier soupçonné (lequel s'était bel et bien enveloppé le cou avec le lainage en question) est aussitôt reconnu par la maîtresse du logis. Honteux et confus de sa mauvaise action, il reçut de son supérieur, après dégradation, la plus sévère réprimande, et dut remettre la pièce à conviction à son commandant, qui la remit lui-même à la plaignante aux applaudissements des témoins de ce fait.

9. — Des billets de logement sont délivrés à 35 ou 40 hommes de divers régiments qui arrivent de Corbeil.

Passage de 60 chariots à deux chevaux se dirigeant sur Lagny pour vivres et munitions.

Midi. 50 fantassins de notre garnison vont rendre les derniers honneurs à un des leurs, décédé à l'Hôtel-Dieu.

Le général Faidherbe vient d'adresser au commissaire général du département du Nord la dépêche suivante :

« Aujourd'hui 3 janvier, bataille de Bapaume, de huit heu-
« res du matin à six heures du soir. — Nous avons chassé
« les Prussiens de toutes les positions et de tous les villages.
« Ils ont fait des pertes énormes.

« Lille, mercredi 4 janvier. — La journée d'hier a été une
« grande victoire pour l'armée du Nord. Les pertes sont énor-
« mes pour les Prussiens, les pertes sont grandes du côté des
« Français. Bapaume, Bellagnies sont complétement brûlés ;
« Péronne, bombardée et presque détruite, tient toujours. La
« voie est coupée à Bussigny. Le service des voyageurs et des
« marchandises est rétabli avec Cambrai. »

Une dépêche privée par voie anglaise confirme ces nouvelles.

10. — De sept heures du matin à midi, le canon se fait entendre sur Paris, mais, comme toujours, on ne connaît ici aucun résultat.

40 fourgons d'artillerie, escortés par quelques cavaliers seulement, venant de Pithiviers et se rendant à Lagny, s'arrêtent
aujourd'hui à Melun pour ne repartir que demain matin. On
remarque que tous les chevaux de ces voitures sont réquisi-
tionnés et conduits par des paysans du Gâtinais.

La Seine, gelée depuis le 30 décembre, paraît se mettre à la
débâcle ; quelques énormes glaçons commencent à se détacher
dans la soirée. On s'attend pour la nuit à un entraînement général de toutes ces glaces, qui mesurent, en certains endroits,
plus d'un mètre d'épaisseur.

On annonce pour ce soir l'arrivée de 1,000 Prussiens dans
nos murs : heureusement que ce nombre est réduit à 50 hommes seulement.

11. — La population est surprise, ce matin, de voir la Seine
débarrassée de toutes ses glaces. La débâcle, toute pacifique
du reste, s'est opérée cette nuit sans causer d'autre dégât que
l'entier enlèvement de la patte-d'oie en charpente reliée en
amont de la petite passerelle.

150 hommes nous arrivent encore aujourd'hui avec un matériel de plus de 50 voitures chargées de provisions à destination de l'armée prussienne sur la Loire. Le tout s'engage par
Fontainebleau, mais, à cause du verglas et du mauvais état de
la route, ce convoi dut rebrousser chemin vers la Table-du-
Roi et revenir camper en ville.

On dit que la ville de Belfort, depuis longtemps inquiétée et bloquée par les Allemands, se trouve libre aujourd'hui de ses mouvements, grâce à l'armée de Bourbaki, qui continuerait ainsi sa marche vers l'Est.

Une affaire sérieuse aurait eu lieu près Orléans. On manque de détails.

Toujours pas de nouvelles de Paris.

12. — On sait ce matin que le retour précipité à Melun des voitures chargées de munitions et engagées dans la forêt n'est dû ni au verglas ni au mauvais état de la route, ainsi qu'on le disait hier, mais bien à un contre-ordre adressé à cette colonne sur la route même, en face Bois-le-Roi, par une estafette partie de Fontainebleau. Le vrai motif de ce changement de direction nous est tout-à-fait inconnu.

Entrée en ville d'environ 150 soldats d'ambulances. En même temps un nombre considérable de voitures réquisitionnées et chargées, conduites par des personnes de nos environs, descendent le faubourg Saint-Barthélemy et se disposent à coucher ici.

De midi à cinq heures, l'écho du brutal, accompagné de fortes détonations, se fait entendre sans interruption et très-distinctement jusque dans notre cité. L'action paraît être engagée sous les forts de Paris.

13. — Dans l'après-midi, le canon est encore entendu. On s'attend toujours à apprendre qu'une sortie générale de Trochu va s'opérer d'un moment à l'autre, et chacun s'étonne que cette sortie ne soit pas encore exécutée.

14. — Enfin réception d'une dépêche. Dieu veuille qu'elle soit véridique et confirmée plus tard :

« Châteaudun, 12 janvier. — Frédéric-Charles battu à
« Tours. Prince Albert mort de sa blessure, duc Guillaume de
« Bade blessé par Garibaldi. Sortie de Belfort, pièces de siége
« enclouées. Armée du Mans à Meung, près Blois. Armée de la
« Loire à La Ferté-Saint-Aubin. Armée de Lyon à Château-
« neuf. Eclaireurs français à Rovins, près Montargis. »

14. — Dix heures. Une décharge d'au moins 30 coups de

feu est entendue sur la route de Fontainebleau, en face la montagne Saint-Louis. C'est l'escorte de la poste qui vient d'être attaquée par des francs-tireurs. Un seul Prussien aurait été occis, un autre blessé, et un cheval aussi fut tué dans cette escarmouche, qui rappelle celle dernière de la forêt de Valence.

Midi. Des Prussiens se rendent de Fontainebleau sur la commune de Bois-le-Roi, en face laquelle l'action eut lieu. Après avoir fait perquisition à la mairie pour y découvrir des armes et s'être informés si le pays ne recélait pas des francs-tireurs, ils emmènent et déclarent prisonnier M. Guillemain, dont le seul tort est d'être maire de cette commune, et un jeune clerc de notaire du nom de Devauchelle, au domicile duquel les Allemands auraient découvert un fusil de chasse. On craint que ces personnes ne soient victimes d'un fait qui leur est tout-à-fait étranger. Elles sont emmenées à Fontainebleau et retenues en captivité.

15. — Les Prussiens ont décidé qu'à chaque voyage entre Fontainebleau et Melun, la poste serait accompagnée d'un conseiller municipal ou notable de Fontainebleau. Et en effet ce matin nous en avons vu un arriver avec le courrier et repartir avec lui.

Rien de saillant dans les événements de Melun. Il circule en ville ou plutôt il continue à circuler, tous les quatre ou cinq jours, des dépêches manuscrites sur nos armées : nous avons à chaque fois remporté des victoires. D'après les dépêches prussiennes qu'ils s'empressent naturellement de nous communiquer, c'est nous qui avons été battus. Malheureusement jusqu'ici ils ont presque toujours eu raison. On entend le canon dans la direction de Paris, c'est le bombardement qui continue par le sud (Montrouge et Issy). Nos forts, dit-on, ne répondent plus.

Que faut-il espérer ? Ici les plus ardents d'autrefois commencent à réfléchir ; d'après eux notre armée de la Loire devait nous sauver, puis ç'a été Bourbaki, puis Chanzy, puis Faidherbe. Maintenant que ce dernier est maintenu à Arras

6

sans pouvoir avancer, nonobstant sa victoire du 4 à Bapaume, que Chanzy vient d'être défait au Mans par l'armée de Frédéric-Charles, que Bourbaki est bien près de l'être dans l'Est, ils craignent pour l'avenir de notre pauvre pays. Paris tient toujours, mais il est évident qu'il est bien près de la fin : il y a longtemps qu'il fait crédit à la province, et nos armées n'ont pas pu le débloquer. Il y a pourtant encore quelques patriotes qui croient au succès.

En attendant, notre pauvre ville est bien triste. A cinq heures toutes les boutiques sont fermées, plus un chat dans les rues, pas de gaz, c'est une obscurité complète et un silence effrayant qui n'est troublé que par le bruit des pas de quelques rares passants et le cri des sentinelles des ponts : Halt ver est da !

Environ 100 voitures chargées de munitions descendent le faubourg des Carmes et viennent se caser sur le boulevard Chamblain et dans les cours du quartier de cavalerie. Ce matériel, venant de Lagny, doit séjourner ici jusqu'à mardi et être dirigé ensuite sur la Loire.

Furieux de l'attaque dirigée hier au matin contre l'escorte de leurs dépêches, les Prussiens s'en vengent en mettant le feu et incendiant le poste de garde de la Table-du-Roi, cette habitation, disent-ils, pouvant servir de refuge à leurs ennemis jurés, les francs-tireurs.

Le même sort était réservé à la maison du garde du poste de la Croix-de-Vitry, mais le manque de matières combustibles dans cette maison inhabitée depuis plusieurs mois, et aussi à cause du temps de pluie et d'humidité de ces jours-ci, fait que l'incendie ne détruisit presque rien. Aussi ces vandales se contentent-ils de piller et détruire le peu de mobilier qui restait dans cette demeure.

17. — 8 heures du matin Départ pour Fontainebleau des fourgons restés ici depuis dimanche soir. Les dépêches sont escortées aujourd'hui par plus de 100 hommes jusqu'à moitié chemin de la destination (Fontainebleau).

Il est arrivé 250 blessés prussiens environ. Des ambulances sont installées dans plusieurs bâtiments publics et à l'hôpital.

C'est la ville qui est obligée de les soigner en fournissant les lits, le feu, le linge, les médicaments et la nourriture, tout cela sans compter le courant de la garnison et des fonctionnaires à chauffer et à nourrir.

Les dépêches ennemies annoncent que, le 10, il était tombé dans Paris une quarantaine de bombes ou obus, et qu'il y a eu plusieurs personnes de tuées ou blessées dans les rues.

On dit que Bourbaki a été battu dans l'Est par le général de Werder, à Montbéliard. Ce serait une bien mauvaise nouvelle, si elle est vraie.

18. — Hier, à la nuit tombante, les Prussiens ont achevé de sang-froid leur œuvre de destruction sur les maisons de gardes de la Table-du-Roi et de la Croix-de-Vitry, à l'aide de goudron et de pétrole répandus et enflammés dans ces habitations dont il ne reste plus aujourd'hui que les ruines et décombres.

Des patrouilles prussiennes portèrent la terreur au hameau de Brolles et à Bois-le-Roi, où ils firent encore un nouveau prisonnier emmené de suite à Fontainebleau.

Quelques habitants de Barbizon grossirent aussi le contingent des victimes des agents prussiens ; dans le nombre, on cite M. Gassies, artiste peintre.

Nos nouveaux administrateurs, n'ayant sans doute rien de mieux à faire, se permettent d'avancer de trente minutes toutes nos horloges publiques, sous prétexte que nous devons tous posséder à Melun l'heure de Berlin.

19. — Une lettre particulière, en date du 15 courant, fait connaître l'existence, à 36 kilomètres seulement de Lunéville, du corps d'armée de Bourbaki qui se disposerait à rompre les communications prussiennes sur la ligne de l'Est.

Des dépêches allemandes, fausses assurément, annoncent que leurs projectiles continuent à pleuvoir sur la capitale et que Paris ne doit pas tarder à capituler. Des officiers ajoutent et insinuent à leurs soldats que notre vieille Lutèce est en leur pouvoir. Aussi n'est-il pas étonnant d'entendre ces Allemands, qui paraissent s'apitoyer sur notre position, dire en entendant le bruit du canon : « Paris !... boumm !... Paris à Prousse ! Malher France ! etc. » Mais, Dieu merci, nous avons le ferme espoir qu'il en sera décidé autrement, et le pays entier compte sur l'énergie et le courage des 500,000 hommes armés et renfermés depuis plus de cent jours dans ce cercle de fer et de feu.

Hier, à midi, jour du marché à Nangis, 180 ou 200 francs-tireurs français firent irruption en cette ville, pendant qu'environ 150 autres en gardaient les issues. Bientôt, dans le café du Commerce, le capitaine commandant ce corps franc arrêta, au nom du gouvernement de la Défense nationale et de la République, et fit enlever en un instant, par ses hommes, 15 ou 16 fermiers et cultivateurs, et une dame, sur le compte desquels planaient, depuis quelque temps, des soupçons (commerce et intelligences avec nos ennemis les Prussiens). Une enquête doit être faite à ce sujet sur les faits reprochés à chacune de ces personnes qui aura à répondre de ses actes.

Par suite, on dit tout bas que plusieurs négociants de notre ville, dont la netteté de conscience laisserait à désirer à ce sujet, tremblent d'avance à l'approche des francs-tireurs dans notre cité. C'est sur le commerce de grains et fourrages, et particulièrement d'avoine que se fait aujourd'hui, chez nous, le trafic sur une grande échelle avec l'ennemi, qui fait acheter ces marchandises et pour n'importe quel prix.

Voici, à ce sujet, un exemple de ce qui se passe depuis quelque temps sur notre place : Samedi dernier, sur le marché, un habitant, possédant plusieurs chevaux, marchanda cinq setiers d'avoine, qui lui furent offerts à raison de 36 fr. l'un. Un courtier, étranger au pays, répondit au fermier : « Je vous achète le tout à raison de 40 fr. Dès lors, la mercuriale en cette sorte n'avait plus de cours, et des cultivateurs ont pu facilement livrer, pour les Prussiens, des marchandises au prix de 55 et 60 fr., lesquelles, en réalité, ne valaient que 34 ou 35 fr. Le foin aussi fut enlevé à raison de 140 fr. les 100 bottes. Il va donc être difficile, sinon très-onéreux pour quelques personnes, de conserver leurs chevaux et bestiaux.

20. — M. Voisin a écrit de Mayence qu'il allait partir pour

Wechselmand, à 16 lieues plus loin que Dantzik, 400 lieues de la France, dans un pays où il y a 30 degrés de froid. Espérons que les autorités allemandes conserveront son internement dans l'ancien chef-lieu du département du Mont-Tonnerre.

Midi. 20 fantassins escortant un petit convoi comprenant 21 prisonniers français, répartis dans six charrettes réquisitionnées, entrent en ville, y restent une heure environ, au quartier de cavalerie, et continuent leur route dans la direction de l'Allemagne.

Il faut dire que tous ces jeunes gens, malades ou blessés à Beaune-la-Rolande, ont été choisis, par les Prussiens, parmi ceux les plus valides dans l'ambulance ou hospice de Nemours, où ils se trouvaient depuis quelque temps. Un drapeau international flotte sur une de leurs voitures, dans laquelle une dame des Fourneaux, près Melun, reconnaît un de ses neveux prisonnier de guerre ; c'est avec peine qu'elle peut suivre un instant ce véhicule et adresser quelques paroles consolatrices à son parent. Chemin faisant, un Prussien de l'escorte, aussi brutal que méchant, lança deux coups de sabre sur la tête d'un pauvre vieux charretier, dont le seul tort était de ne pas faire avancer son mulet assez vite. — Malgré deux larges blessures au front, ce brave homme, après un premier pansement en ville, dut continuer son voyage jusqu'à Brie-Comte-Robert.

Une trentaine de chariots vides stationnent sur la place Saint-Jean.

Pas de nouvelles certaines de Paris ; les quelques rares dépêches qui parviennent ici émanent presque toujours de l'autorité allemande.

Un assez grand nombre de fusils anciens, dont on ne soupçonnait pas l'existence, furent transportés aujourd'hui de l'hôtel de M. de Fursteinstein (préfecture) au quartier de cavalerie. Deux charrettes étaient remplies de ces armes, qui proviennent sans doute du désarmement des gardes nationales voisines. Quelques personnes disent qu'elles proviennent d'une cachette qui aurait été trop facilement découverte par les Prussiens.

21. — Canonnade sur Paris.

Le marché de ce jour s'approvisionne parfaitement de toutes sortes de denrées. Les grains et avoines y sont en assez grande quantité. Aussi remarque-t on, sur la place, plusieurs agents et courtiers prussiens qui trouvent encore, malgré ce qui est arrivé mercredi dernier à Nangis, à acheter des provisions pour l'armée ennemie.

22. — Encore ce matin, le canon, semblable au tonnerre déchaîné, ne produit plus qu'un seul roulement. Cela doit être la continuation du bombardement de Paris. Quant aux résultats et aux nouvelles, nous en sommes entièrement privés. Une version, qui paraît s'accréditer, ferait croire que jeudi dernier, par suite d'une sortie, les nôtres auraient fait un horrible carnage des Prussiens à Montretout, sous Versailles. On attend à chaque instant la nouvelle d'une sortie générale des troupes de Paris, lesquelles refouleront probablement les Prussiens jusqu'à leur quartier-général (Versailles). Cette attaque générale ne doit pas tarder, ou c'est à désespérer de la situation.

23. — Une personne, arrivant de Nevers, dit avoir vu là un assez grand nombre de troupes françaises se diriger sur la Loire.

Une autre personne, aussi digne de foi, arrive à l'instant de Reims, qui est toujours le siège du gouvernement prussien, et rapporte que des francs-tireurs auraient été aperçus dans les environs de Château-Thierry.

On assure qu'à Lagny les Prussiens ne peuvent rien recevoir du chemin de fer depuis quelques jours, et que leur ligne de l'Est est coupée ou interceptée.

5 heures. Un petit convoi de 15 prisonniers (la plupart zouaves) arrive de la direction de Fontainebleau. Un gendarme fait partie de ce convoi, dont les hommes, encore tous convalescents, sortent des hôpitaux et ambulances de Cosne.

On dit que le roi de Prusse a solennellement accepté le titre d'*empereur d'Allemagne,* et que ce vieux vaniteux a fait à cette occasion un discours en style emphatique des souverains du XVIIe siècle.

24. — Rien de nouveau à Melun. Toujours même garnison, mêmes ambulances. L'impôt prussien n'est pas entièrement recouvré pour les trois mois de contributions au 31 décembre ; il resterait encore à payer environ 30,000 fr. sur 116,000 fr. Il y a beaucoup d'absents, principalement parmi les propriétaires fonciers, et beaucoup de présents qui n'ont pas d'argent. La répartition, pour 1871, est déjà faite. La part à la charge de Melun, pour l'année entière, est de 650,000 fr., soit 54,000 fr. par mois. Il faut que le 10 février on ait versé le montant des deux premiers mois, soit 110,000 fr. Jamais on ne pourra réunir cette somme. — Comment va-t-on faire ?

25. — Le préfet se plaint de ce que le maire ne lui fournit pas la liste, depuis longtemps réclamée, des hommes de 20 à 40 ans, partis ou non. Il devra le faire, sous peine d'une amende personnelle et d'emprisonnement.

Il devra aussi fournir, sans délai, le nombre d'hommes, bûcherons, charpentiers, etc., pour couper le bois de la forêt de Fontainebleau, que les autorités prussiennes ont l'intention de faire exploiter pour leur compte ; heureusement que tous les bûcherons, convoqués et menacés par ces dernières, refusent énergiquement leur concours à cet acte de vandalisme, et que pas un arbre ne sera coupé par eux de par l'autorité allemande.

Ce soir, enlèvement à Melun, par des francs-tireurs habillés en civils, de deux commerçants de Melun (Noël et Millet) accusés de prussianisme et de délation.

Le maire, M. Poyez, vient de donner pour la troisième ou quatrième fois sa démission. M. Gaudard, premier adjoint, n'a pas voulu accepter ses fonctions, pas plus que M. Courtois, deuxième adjoint ; c'est qu'en effet la position est très-difficile avec les Prussiens, dont les demandes et les exigences sont incessantes.

M. Lecamus de la Porte, tel est le vrai nom de notre préfet, fils d'un Français qui a épousé une demoiselle de Fursteinstein et s'est fait naturaliser Prussien, a obtenu de prendre le titre de comte et le nom de Fursteinstein ; originaire de Chartres, il a été propriétaire du château de Lésigny, dans l'arrondissement de Melun.

27. — Le canon, encore entendu hier très-faiblement, cesse complétement aujourd'hui.

Est-ce de bon ou mauvais augure ?

28. — Le marché est approvisionné comme par les plus beaux jours de prospérité. L'extrême bon marché s'y fait remarquer sur presque toutes les marchandises de bouche. Le fameux raisin de Thomery (chasselas de Fontainebleau) s'y trouve en abondance et au prix minime de 50 à 60 centimes le kilogramme.

Le Conseil municipal de Melun vient de recevoir des instructions très-sévères du gouvernement de Reims au sujet du paiement des impôts.

A la suite d'une réunion très-chaude et des supplications de ses collègues, le maire, M. Poyez, a consenti à reprendre ses fonctions dont il avait essayé de se démettre.

29. — La population est attristée par divers bruits annonçant la capitulation de Paris. Personne ne veut y croire ; en quelques heures cette nouvelle a fait le tour de la ville et chacun plaide l'invraisemblance par tous les moyens possibles.

On affirme que les lignes de l'Est sont interceptées à Nancy par l'armée de Bourbaki qui se trouverait dans les environs de cette ville.

Des fourgons de munitions de guerre (six seulement) traversent la ville sans s'y arrêter ; d'autres fourgons reviennent de Lagny sans chargements, faute de munitions en cet endroit.

Paris a capitulé.

Des affiches sont placardées à ce sujet par l'autorité allemande à Corbeil.

30. — Huit heures du matin. On n'a encore rien reçu d'officiel à la mairie sur les bruits et dires de notre situation politique. On se refuse à croire à un pareil événement. Il est un fait que l'on ne peut s'expliquer : comment la capitale a capitulé sans essayer une grande sortie, celle du 19 n'étant pas

considérée comme importante. Il y a eu certainement des raisons très-graves que nous ne connaissons pas encore.

Midi. On apprend qu'une dépêche prussienne est soumise à l'imprimerie de la préfecture et doit être placardée ce soir en ville. Elle est conçue en ces termes :

« WILHEM A AUGUSTA.

« Versailles, 29 janvier 1871.

« Hier, 28, un armistice de trois semaines a été signé. La
« ligne et la mobile restent internés dans Paris prisonniers de
« guerre. La garde nationale sédentaire est chargée du main-
« tien et de l'ordre. Nous occupons tous les postes. Paris reste
« cerné et pourra s'approvisionner si les armes sont livrées.
« Une constituante sera convoquée à Bordeaux dans la quin-
« zaine. Les armées en campagne conservent leurs positions
« respectives en laissant entre elles une zone neutre.

« Signé : WILHEM. »

A sept heures du soir, les Prussiens font afficher en ville le placard suivant, annonçant la capitulation de Paris :

« Je porte à la connaissance du public que, par suite des
« dépêches officielles du 29 janvier, Paris a capitulé le 28. Le
« même soir, un armistice a été conclu qui suspend les hosti-
« lités sur tous les points du théâtre de la guerre pendant la
« durée de trois semaines.

« Melun, le 30 janvier 1871.

« Le Préfet,

« Signé : CH. DE FURSTEINSTEIN. »

Ces affiches sont aussitôt lacérées par la population qui se refuse à croire à d'aussi grands malheurs.

31. — Même incrédulité de la part de la populace. Les uns disent qu'ils entendent encore le canon, d'autres que c'est une manœuvre des Prussiens, etc. On a affiché dans certains endroits une dépêche à la main, signée de Trochu, portant la date du 29 janvier, et annonçant que les canons prussiens ont été pris, que l'armée de Paris continue à se défendre, que

Chanzy est victorieux, etc. Evidemment, tout cela est invraisemblable.

Midi. On commence ici par perdre espoir. On s'aborde et on se demande : Croyez-vous à la capitulation de Paris ?

Enfin, à deux heures, la population entière est dans la consternation en apprenant de source certaine, par trois voyageurs déprisonnés de Paris, la confirmation de cette mauvaise nouvelle.

Paris capitula le 28 et un armistice fut conclu ce jour-là à Versailles entre Jules Favre et Bismark.

La faim seule et le manque de pain furent là cause de ce cruel sacrifice.

3 heures 1/2. Un train venant de Paris (le premier que l'on aperçoit depuis le 12 septembre dernier) passe à la gare de Melun et se dirige sur Fontainebleau. Il est composé de six voitures renfermant les employés et ouvriers ayant pour mission le rétablissement de la ligne endommagée sur plusieurs points. Les trains que nous sommes appelés à voir passer d'ici quelques jours seront affectés spécialement au service du ravitaillement de Paris jusqu'à la fin de l'armistice (19 février).

Les élections sont fixées au 8 février. — Nous aurons dans Seine-et-Marne sept députés à élire.

On apprend ce soir que vers midi et quart, dans les bois situés sur la route de Courances, en face même du petit village de Dannemois, si éprouvé lors du passage des troupes commandées par le prince Albert de Prusse, une attaque eut lieu par des francs-tireurs contre un convoi de munitions composé de soixante voitures et escorté par environ 75 ou 80 Bavarois. Après une première décharge, qui fut meurtrière pour l'ennemi (14 hommes tués dont 1 officier), les francs-tireurs, au nombre de 23 seulement, durent se retirer devant le nombre et sous une décharge de l'ennemi qui, tirant au hasard, ne blessa heureusement aucun homme. Cette compagnie de francs-tireurs était composée de citoyens de Melun et d'officiers et soldats échappés de Corbeil. Elle avait pour nom : « *Les sangliers de la forêt* » et était formée de l'avant-veille du combat.

Les statuts étaient élaborés seulement quand l'armistice vint suspendre ses opérations déjà commencées.

Il a été fâcheux que cette compagnie se fût formée si tard, car elle était composée d'hommes bien décidés à faire payer cher à l'ennemi la violation du territoire de la patrie.

Le préfet Fursteinstein est allé hier chez M. Falret de Tuite, premier conseiller de préfecture français, lui annoncer l'armistice et lui dire qu'il lui laisserait toute liberté de s'occuper des élections pour la Constituante.

FÉVRIER.

1er. — Arrivée à Melun, venant de Paris, de M. Horace de Choiseul, député de Seine-et-Marne.

La garnison de Melun est doublée. — 200 hommes du 27e (landwher) sont provisoirement logés et nourris chez l'habitant.

4. — Le *Nouvelliste de Seine-et-Marne*, publié à Melun par M. Hérisé, commence à reparaître.

Jusqu'au jour de l'arrivée du préfet prussien, au mois de novembre précédent, le *Nouvelliste* n'avait pas cessé d'être publié, malgré les dangers auxquels le séjour d'une garnison prussienne à Melun pouvait exposer son directeur. Nos ennemis, en effet, n'étaient pas ménagés dans cette estimable feuille qui non seulement racontait les faits de guerre spéciaux au département de Seine-et-Marne, mais encore reproduisait les rares nouvelles qui parvenaient soit de Paris, soit de la province. De plusieurs lieues à la ronde, des colporteurs venaient chercher le *Nouvelliste*, pour le répandre jusque dans les villages les plus éloignés des départements de Seine-et-Oise, du Loiret et de l'Aube.

Mais, à l'arrivée du préfet prussien, les choses changèrent de face. Furstenstein qui, grâce à ses espions, savait à peu près tout ce qui se passait à Melun, fit venir M. Hérisé à l'hôtel de la Préfecture pour lui parler de son journal.

— Je désire, lui dit-il, que vous reproduisiez, comme on le fait dans les départements envahis, les actes de l'autorité allemande.

— Je ne puis répondre à votre désir ; je ne consentirai jamais à faire un journal mi-français, mi-prussien.

— Je désire aussi que vous me soumettiez à l'avance une épreuve pour savoir et corriger au besoin ce que vous dites des opérations de la guerre.

— C'est une censure que voulez exercer. Je ne m'y serais pas soumis au temps des préfets de l'empire, je m'y soumettrai encore moins sous un fonctionnaire prussien.

— Vous n'avez que deux partis à prendre : me soumettre les épreuves de votre journal ou cesser de le faire paraître.

— Je cesserai de le faire paraître. Vous disposez de la force, je me renferme dans mon droit.

Furstenstein était furieux.

Ceci se passait le 25 novembre. Il y eut encore un ou deux numéros clandestins du *Nouvelliste*, mais force fut à M. Hérisé de suspendre sa publication jusqu'à des temps meilleurs.

Au lendemain de la capitulation de Paris, les conditions de la suspension d'armes furent vendues dans les rues de Melun, et bientôt, à la faveur de l'armistice, le *Nouvelliste* reprit sa publication régulière.

Dans les premiers jours de janvier, l'*Almanach de la Brie et du Gâtinais*, sorti des presses de M. Hérisé et dû à la plume de M. G. Leroy avait été répandu à des milliers d'exemplaires dans Seine-et-Marne et dans les départements limitrophes. Cet opuscule, essentiellement patriotique et qui donnait des détails précis sur l'invasion, avec des faits ou anecdotes particuliers au pays, fut accueilli avec faveur par la population, qui était dénuée de ses almanachs habituels.

7. — Les portes de ce pauvre Paris sont enfin ouvertes J'en profite pour aller voir des parents et amis forcément retenus prisonniers depuis si longtemps. Je me mets en route à 3 heures du matin en compagnie de plusieurs amis. Nous escortons une charrette remplie de provisions destinées à ces malheureux Parisiens. -- A 2 heures 1/2 nous franchissons, non sans difficultés, les dernières lignes allemandes, et à 3 heures 1/2 nous voyons pour la première fois depuis plus de cinq mois des

mobiles et soldats de ligne, tous désarmés et prisonniers de guerre.

L'intérieur de Paris n'offre plus la même physionomie qu'autrefois. On n'y rencontre que très-peu de voitures, presque tous les chevaux ayant dû servir d'aliments pendant l'investissement.

8. — Je visite les dégâts causés par les obus prussiens dans le quartier du Panthéon, sur le dôme duquel un de ces projectiles a laissé la trace évidente de son passage; un autre est venu éclater sur le trottoir en face la porte d'entrée du musée de Cluny, etc.

A dix heures du matin, je dois, à Charenton, exhiber mon laisser-passer aux Prussiens qui ne se trouvent qu'à environ 250 mètres des postes français.

Après avoir franchi Charenton, Maisons-Alfort, Villeneuve-Saint-Georges et Montgeron, où toute la propriété en général est dévastée et ruinée par les Prussiens, qui occupent en très-grand nombre ces localités, et où il n'est pas facile de rencontrer une auberge et très difficilement du pain, j'arrive à Melun à huit heures du soir, après avoir arpenté depuis hier au moins 100 kilomètres.

9. — On annonce trois trains de voyageurs pour Paris, à partir du 11.

Les 130,000 fr, montant des impositions à la charge de Melun pour janvier et février 1871, et qui étaient exigibles, n'ont pas été payés, ce paiement ayant été volontairement différé par la municipalité pendant l'armistice.

Il a été décidé que les villes n'auraient pas à payer cet impôt, mais que le gouvernement français en tiendrait compte.

C'est un grand ennui de moins pour notre ville.

La garnison prussienne reste à Melun, ainsi que tous les employés civils, mais leur rôle est effacé par suite de l'armistice.

Les élections d'hier nous ont donné pour députés MM. de Choiseul, de Lafayette, de Lasteyrie, Voisin, d'Haussonville, Jozon et Despommiers. Les élections de l'armée pourraient bien modifier les deux derniers noms pour MM. Belin et Louis de Ségur.

11. — Le départ du train est fixé à neuf heures quarante-cinq minutes du matin. Je dois en attendre l'arrivée jusqu'à une heure de l'après-midi. — Je suis entassé avec environ cent personnes dans un wagon destiné au transport des bestiaux jusqu'à Maisons-Alfort. — Après être resté là une heure et de-mie, il nous fallut descendre de ce vilain véhicule et nous ren-dre pédestrement à Paris par l'ordre des Prussiens, et en pas-sant encore par la porte de Charenton.

A cinq heures et demie seulement je quitte les lignes alle-mandes, et à six heures et demie je me trouve dans l'intérieur de Paris.

12. — On affiche, dans les environs de la gare de Lyon, que, par ordre de l'autorité allemande, les trains de voyageurs sont provisoirement supprimés ; que de nouveaux laisser-pas-ser ne seront délivrés, pour sortir de Paris, qu'aux personnes qui justifieront que des besoins impérieux les appellent en pro-vince.

A quatre heures du soir et après bon nombre de difficultés, je franchis de nouveau les lignes prussiennes, et, à minuit, j'arrive à pied, par le plus vilain temps, dans notre ville de Melun.

14. — Les trains de voyageurs ne sont pas encore rétablis. De nombreux et forts trains de ravitaillement descendent jour et nuit sur Paris.

Environ 50 Prussiens viennent, ce jour, de Fontainebleau à la mairie de Bois-le-Roi pour s'y faire compter 900 fr. restant dus par cette commune sur les contributions de 1870.

15. — La rive droite de la Seine (et par conséquent une partie de notre ville) doit rester occupée jusqu'au paiement de 500 millions et jusqu'à la signature de la paix définitive à Bruxelles.

16. — Un piquet, composé de vingt hommes de la landwehr, se présente à la porte de plusieurs contribuables qui, jusqu'a-lors, s'obstinent à ne point payer le trimestre allemand de

1870. Ils y sont bientôt contraints et forcés, sous peine de se voir enlever de leur domicile. C'est ainsi qu'on a pu voir, entre ces militaires armés, trois de nos commerçants qui étaient forcés d'aller payer ainsi escortés, et à l'Hôtel-de-Ville.

Passages continuels de troupes rentrant en Allemagne, à raison de 4,000 par jour ; elles logent chez l'habitant, qui est en outre forcé de les nourrir.

17. — Passage d'un train comprenant une quinzaine de wagons renfermant des soldats français malades et blessés de divers corps et régiments. Ces pauvres voyageurs stationnent environ vingt minutes à la gare. Tout un personnel d'ambulances escorte ce convoi, qui se rend de Paris à Lyon ou environs. Trois grands drapeaux, dont deux tricolores et un international, flottent sur ce train, qui emporte à toute vapeur ces malheureux éclopés.

18. — Passage d'un second train de soldats français blessés se dirigeant sur Vichy.

19. — Expiration du premier délai d'armistice, prorogé jusqu'au 24 courant, à midi. Nous attendons, d'un moment à l'autre, l'arrivée d'une dépêche annonçant le traité de paix dont s'occupent en ce moment nos diplomates.

Les trains de ravitaillement de la capitale y affluent ces jours-ci.

On assure que des trains de voyageurs seront organisés pour le 22, entre Paris et Melun.

20. — Evacuation d'une quarantaine de soldats prussiens blessés se trouvant, depuis plusieurs semaines, dans les ambulances de notre localité.

Plusieurs détonations se firent entendre depuis deux jours dans la direction de Paris. Des personnes bien informées s'accordent à dire que c'est la destruction, par les Prussiens, de travaux minés et avancés se trouvant auprès des forts et fortifications.

21. — Pour la dix-septième fois depuis le commencement de la guerre, je prends ma garde pour vingt-quatre heures à la Maison centrale de détention.

23. — Expiration, aujourd'hui à midi, du nouveau délai d'armistice.

Ou une prorogation a encore lieu, ou nous devons avoir forcément des nouvelles de la paix ou de la continuation de la guerre. La reprise des hostilités n'est pas probable, attendu que nos armées, dispersées maintenant, n'existent plus qu'à l'état de délabrement. La guerre, aujourd'hui continuée, aggraverait certainement encore nos malheurs au lieu de les réparer, et les négociations entamées depuis quelques semaines à ce sujet paraissent être aussi difficiles que douloureuses. Aussi attendons-nous, à la honte de la France, à passer sous les fourches caudines de la Prusse.

24. — On apprend, de source officielle, que l'armistice est encore reculé jusqu'au 26 courant, à minuit.

80 soldats de notre garnison firent irruption, il y a deux jours, sur la petite ville de Milly, pour le recouvrement des contributions prussiennes. Après le refus de payer, le pillage fut ordonné par les chefs allemands dans plusieurs maisons de cette localité.

25-26. — Aucune nouvelle officielle ne paraît ici.

27. — Au matin, un petit placard, affiché à la porte extérieure de l'Hôtel-de-Ville, est ainsi conçu :

« Le public est prévenu que les préliminaires de paix ont été
« signés le 26 courant.

« Melun, le 27 février 1871.

« Le Préfet de Seine-et-Marne,

« (Signé) Ch. DE FURSTEINSTEIN. »

Les conditions, qui probablement sont désastreuses pour nous, ne sont pas encore connues.

On dit qu'un délai de douze jours est nécessaire à la Chambre pour la ratification des clauses de ce malheureux traité.

Cinq heures et demie. Arrivée d'un train de voyageurs venant de Paris, et ils sont nombreux.

Plusieurs de ces voyageurs s'accordent à dire que Paris fut mis en émoi par la générale et le tocsin qui se firent entendre une partie de la nuit dernière, le tout en prévision du passage des troupes prussiennes à travers la capitale. La partie serait, dit-on, remise à mercredi prochain. Ce jour-là, 30,000 Allemands doivent défiler, armes et bagages, par la barrière de l'Etoile et les Champs-Elysées. On s'attend, en cette circonstance, à des démonstrations parisiennes qui pourraient devenir très-sérieuses.

MARS.

1er. — Neuf heures du matin. On apprend de Paris que plusieurs éclaireurs de l'armée ennemie, des hussards verts (cela doit être des éternels uhlans) caracolaient sur la place de la Concorde. Les Champs-Elysées étaient déserts.

La ville tout entière a pris le deuil.

Toutes les boutiques, tous les magasins, tous les cafés sont fermés depuis le matin.

Paris a volontairement suspendu sa vie.

Des drapeaux noirs sont arborés dans les rues, à toutes les mairies, sauf à l'Hôtel-de-Ville.

La mairie du 11e arrondissement est littéralement enveloppée d'un crêpe noir, ainsi que les têtes des statues de pierre de la place de la Concorde.

Paris s'est abstenu.

Paris est resté ce qu'il devait être : digne de lui.

2. — Acceptation de la paix par l'Assemblée nationale.

Les préliminaires du traité de paix, signés à Versailles (quartier général de Guillaume et Bismark) ont été ratifiés à Bordeaux par 546 voix contre 107.

Les troupes prussiennes se retirent de Paris.

3. — On parle du licenciement général de l'armée en bloc.

4. — Midi. Environ 200 hommes du 27e partent à Fontainebleau pour la revue que doit y passer, ces jours-ci, le prince Frédéric-Charles de Prusse

On s'attend, d'un jour à l'autre, au départ des troupes allemandes de notre garnison.

5. — On parle du retour très-prochain dans nos murs du bataillon de mobilisés de l'arrondissement de Melun.

7

6. — Quelques mobiles isolés font leur apparition dans la ville.

7. — Toujours même garnison bavaroise avec sentinelles à l'entrée de l'avenue du chemin de fer et sur les ponts : ce service semble être bien inutile aujourd'hui.

Midi. — Presque tous les mobilisés de notre arrondissement, partis résolument et gaiement le 11 septembre dernier, rentrent désarmés dans notre ville où ils doivent être, dès ce jour, licenciés et renvoyés immédiatement dans leurs foyers.

Triste dénouement de cette malheureuse guerre qui ne laisse à la France, après la perte de ses armées, que la honte et la ruine de ses finances.

8. — Après l'arrivée ici des mobiles de notre département, en garnison à Paris, leurs frères les mobilisés descendent de Toulouse et d'Issoudun et font également leur apparition aujourd'hui dans notre cité.

L'agriculture va enfin retrouver des bras.

Il est toujours pénible de voir les nôtres désarmés et en assez grand nombre e croiser en ville avec les quelques baïonnettes ennemies qui tiennent toujours garnison chez nous.

Enfin, il faut forcément s'incliner et savoir souffrir en attendant des jours meilleurs.

On fait connaître les principales dispositions du traité de paix ratifié à Bordeaux par l'Assemblée nationale.

Ainsi, la France cède à l'Allemagne l'Alsace, la plus grande partie du département de la Moselle avec Metz.

De plus, elle paiera à l'empereur d'Allemagne et roi la somme de cinq milliards de francs. Le paiement d'au moins un milliard aura lieu dans le courant de l'année 1871, et le reste dans un espace de trois années, à partir de la ratification du traité.

Voilà encore une fois le résultat d'une guerre aussi insensée que téméraire.

M. Louis de Ségur est définitivement le septième député de notre département; les votes de l'armée lui ont fait obtenir la majorité sur MM. Despommiers et Belin.

Les bureaux de notre poste sont de nouveau ouverts. Espérons que le service va reprendre, comme par le passé, toute son activité.

9. — Il a été décidé hier que l'Assemblée nationale serait transférée de Bordeaux à Versailles, où elle doit siéger pour la première fois le 20 courant, et après l'évacuation complète des troupes prussiennes en cette ville.

Il a aussi été un instant parlé de Fontainebleau comme siège de cette assemblée, mais cette idée n'a pas prévalu.

12. — On annonce aux personnes qui, par ordre du général Bernhardi, ont déposé leurs armes de chasse et de luxe à la mairie, le 21 septembre dernier, de vouloir bien en adresser un état détaillé au secrétariat, afin de pouvoir les retirer des mains des autorités allemandes, lesquelles seraient aujourd'hui disposées à les rendre à leurs véritables propriétaires.

On fait savoir par le tambour de ville qu'une forte colonne prussienne, venant des environs de Paris, arrivera demain dans nos murs et devra y loger chez les habitants, qui sont pour cela invités à tenir leurs portes ouvertes.

13. — Malgré toute la satisfaction que nous éprouverons en voyant enfin sortir les Prussiens de notre pays, il y a encore à redouter les ennuis du passage chez nous d'une partie de leur armée. C'est ainsi qu'aujourd'hui, à midi, la ville est entièrement encombrée par ces troupes. Chaque ménage possède au moins ses deux Prussiens. Les campagnes voisines ne sont pas épargnées, et c'est généralement la cavalerie qui leur est échue. Les miens sont deux Polonais catholiques ; ils me disent venir des environs de Versailles et être très-heureux de retourner dans leur pays.

Une avalanche de casques à pointes et à chenilles est encore annoncée pour demain à Melun.

14. — A partir de dix heures du matin, deux régiments d'infanterie et quatre de cavalerie descendent la rue du Faubourg-Saint-Barthélemy avec tambours et musique (musique à fendre l'âme, cela s'explique). Bientôt l'artillerie, les caissons, fourgons, matériel des pontonniers, des ambulances, etc., arri-

vent en foule. C'est un brouhaha, un tohu-bohu infernal, qui dure jusqu'à quatre heures du soir. Les deux soldats que je dois loger sont aussi sales que gourmands.

Le nombre de troupes (6e corps d'armée) que la ville et les communes environnantes ont eu à loger hier et aujourd'hui, peut être évalué à 18 ou 20,000 hommes.

15. — Huit heures du matin. Départ de toute cette soldatesque pour la direction de l'Allemagne. Dieu merci ! Bon débarras.

Il y a aujourd'hui six mois que notre ville fut souillée par les premiers 17 uhlans, et, depuis cette époque, combien avons-nous souffert et de leur passage continuel et de leur occupation. Enfin, espérons que le moment approche où nous pourrons respirer librement.

Neuf heures. Départ d'un général commandant ce corps d'armée, et d'un major, logés maison de Madame André, avenue du Chemin de Fer. L'uniforme le plus simple faisait distinguer le général de son escorte.

On assure que, demain 16, notre ancienne garnison nous débarrassera définitivement de sa présence ; mais, par contre, notre administration municipale nous fait pressentir qu'une nouvelle garnison prussienne d'au moins 1,000 ou 1,500 hommes, pourrait séjourner ici jusqu'au paiement intégral du premier milliard, soit, peut-être, jusqu'au 1er janvier 1872. Espérons qu'il en sera autrement.

Onze heures. Traversée de la ville par un régiment d'infanterie bavaroise, lequel prend la direction de Livry ou Chartrettes. En même temps un régiment de cuirassiers blancs, venant de Corbeil, traverse aussi la ville et se dirige, par la rue du Palais-de-Justice, sur la Brie. Aussitôt deux autres régiments d'infanterie descendent aussi en ville par la rue Saint-Barthélemy.

Midi. Un régiment de lanciers, précédé d'une longue file de voitures prussiennes, fait son entrée par l'avenue du Chemin de Fer.

Une heure et demie. Un autre régiment de lanciers et des

hussards de la Mort font aussi leur apparition par le quartier Saint-Ambroise.

Tous ces régiments ne manquent pas de faire entendre leur chienne de musique.

On ne sait pas encore si ces troupes doivent laisser ici la nouvelle garnison en question.

Le service des postes françaises, interrompu ici de nouveau depuis deux jours, par nos ennemis, et sans motifs apparents, est rétabli à partir de midi. Espérons que ces ennuis ne se renouvelleront plus.

L'administration du chemin de fer de Lyon vient enfin de réorganiser une grande partie de son service. Dix trains de voyageurs (aller et retour) sont fixés, à partir de ce jour, entre Paris et Melun, au lieu de trois seulement dont avaient bien voulu nous gratifier les Prussiens depuis quelque temps.

16. — Ainsi qu'on l'avait annoncé, notre ancienne garnison allemande (27ᵉ d'infanterie landwehr) vient de nous quitter ce matin avec accompagnement de tambours et fifres, pour se rendre directement en Prusse par Fontainebleau et Moret, où elle doit prendre la voie ferrée.

M. Falret de Tuile, vice-président du conseil de préfecture à Melun depuis plusieurs années, a été chargé de remplir, par intérim, les fonctions de préfet. — Nos services administratifs vont ils reprendre en même temps que le reste ?

16. — M. le comte de Furstenstein doit quitter l'hôtel Saint-Barthélemy et nous débarrasser de sa présence, ainsi que de sa poste, son télégraphe, sa police et ses gendarmes à hausse-col.

On a reçu la communication officielle de nouvelles conventions signées entre J. Favre et le général V. Fabrice à Reims, le 12 courant, aux termes desquelles l'administration française reprendra son cours même dans les territoires restant occupés : en conséquence, le Tribunal a rouvert ses audiences par une séance solennelle à laquelle assistait notre procureur M. Voisin, député de Seine-et-Marne, arrivé hier de Bordeaux.

17. — Les Allemands continuent d'effectuer leur passàge de retour en notre ville.

Ce matin, plusieurs bataillons descendent le faubourg Saint-Barthélemy. A neuf heures, un très-beau régiment de hussards de la Mort défile sur l'avenue Saint-Ambroise et traverse seulement la ville sans y stationner. A dix heures, c'était un régiment de dragons qui arrivait aussi par l'avenue du chemin de fer, escorté d'une batterie d'artillerie. Ensuite c'est un régiment d'infanterie de Bavière qui traverse aussi notre cité pour aller séjourner dans les campagnes environnantes et sur la rive droite de la Seine.

Une garnison d'environ 1,500 hommes reste casernée à Melun.

Les troupes seront à l'avenir logées dans les casernes et elles ne pourront faire aucune réquisition. Elles devront payer leur nourriture et tout ce qu'elles achèteront, mais le gouvernement français tiendra compte à l'Allemagne des dépenses de vivres jusqu'à l'évacuation complète.

18. — Je me rends dans la matinée à Paris que je trouve, à ma grande surprise, dans la plus grande agitation. La rue de Lyon est occupée par la troupe de ligne ; la place de la Bastille, sur la colonne de laquelle le gouvernement vient de faire enlever le drapeau rouge qui y flottait depuis le 10 courant, est entièrement garnie de troupes d'infanterie. Des canons et mitrailleuses sont braqués sur cette place où des manifestations ont encore lieu aux cris répétés de : Vive la République ! vive la sociale !... Le rappel, la générale et les clairons se font entendre dans tous les quartiers pour le rassemblement des gardes nationaux dont la plupart prennent les armes.

Des barricades sont élevées à Montmartre, à Belleville et dans le faubourg Saint-Antoine, où presque toutes les boutiques sont fermées.

Enfin Paris est comme sur un volcan, et on s'attend d'un moment à l'autre à de graves événements. On dit que la troupe de ligne a tiré sur la garde nationale ; d'autre part on affirme qu'une partie de l'armée vient de mettre la crosse en l'air et fraternise en ce moment avec les gardes nationaux. Ces deux versions sont confirmées. Paris possède à mon départ (6 h. du soir) la plus triste physionomie, et le séjour dans la capitale n'y semble pas très-sûr.

A la nuit tombante, des gardes nationaux tirent les uns sur les autres sur le boulevard des Filles du-Calvaire, près le Cirque, rue Commines et rue Oberkampf.

19. — Les nouvelles de Paris ne sont pas rassurantes.

Deux généraux, Clément Thomas et Lecomte, ont été fusillés par des insurgés, lesquels, d'accord avec la troupe, se seraient, dit-on, emparés des canons de l'armée.

Nous paraissons être à la veille d'une révolution, d'une guerre civile peut-être, et cela en face de l'étranger qui foule le sol de notre pauvre patrie.

Dans la matinée, encore un passage en notre ville de différents régiments de cavalerie, infanterie, canons, voitures et matériel dépendant du troisième corps d'armée (prince Frédéric-Charles). On ne compte pas moins de 3,000 hommes. Une partie de ces troupes reste encore en ville, et, malgré les conventions du traité de paix, les habitants de la rive gauche en possèdent autant proportionnellement que ceux de la rive droite.

Un général prussien est installé au château de Vaux-le-Pénil avec tout son état-major.

20. — Au matin, un régiment de cuirassiers entre en ville par le faubourg des Carmes. Un instant après son arrivée, ordre lui est donné de rebrousser chemin. On croit que c'est par suite des événements de Paris qu'il retourne dans cette direction.

8 heures. Passage sur l'avenue du chemin de fer d'environ 1,000 fantassins venant seulement ce matin de Dammarie-les-Lys et se dirigeant sur l'Allemagne.

L'un des deux Bavarois que je dois loger aujourd'hui me dit avoir travaillé pendant quatre ans à Metz, en qualité d'ouvrier, et être le plus jeune de cinq frères en ce moment sous les drapeaux de la Prusse.

21. — Paris est toujours en fermentation. Des barricades sont élevées dans toutes les principales rues des divers quartiers.

Un nouveau gouvernement, sous le nom de Comité central de la garde nationale ou Comité républicain fédéral, est installé à l'Hôtel-de-Ville, sur lequel flotte le drapeau rouge ainsi que sur presque tous les autres monuments de la capitale.

Le véritable gouvernement, issu du suffrage universel, doit s'installer aujourd'hui à Versailles après avoir siégé, depuis la guerre, à Tours et à Bordeaux. Espérons que sa rentrée à Paris ne se fera pas longtemps attendre.

Passage à Melun de divers régiments d'infanterie, cavalerie, artillerie, etc., paraissant tous se diriger vers la Prusse. Notre ville est encombrée de ces soldats. 2.500 ou 3,000 y séjournent. Un nouveau poste est établi dans une maison particulière près le pont aux Fruits.

Les événements de Paris (du 18) viennent de suspendre le départ des troupes prussiennes : bien plus, une grande partie est retournée sur Paris, occuper de nouveau des pays déjà évacués. 2,000 Bavarois ont quitté ce matin Melun, se dirigeant sur Charenton. On craint que cet état de choses n'entrave les négociations, aujourd'hui entamées à Bruxelles au sujet du traité de paix.

10 heures du soir. Arrivée de Toulon à Melun d'environ 120 matelots armés, lesquels ne peuvent entrer en ville ainsi équipés, à cause du grand nombre d'ennemis en garnison et de passage chez nous. Ces marins doivent rester à la gare des marchandises et y passer la nuit. Ils se rendent, disent-ils, à Versailles pour la garde de nos députés. Les mauvaises affaires de Paris les empêchant de continuer plus loin en chemin de fer, ils sont obligés de se rendre pédestrement au nouveau siége du gouvernement.

22. — 9 heures du matin. Passage à Melun d'un régiment d'infanterie.

11 heures. Deux autres régiments traversent également la ville ainsi que des hussards de la Mort, et enfin un régiment de hussards rouges y stationne jusqu'à demain.

Midi. Un concert se fait entendre dans la cour de l'Hôtel-de-Ville. Il est facile de voir que les soldats du corps de Frédéric-Charles sont dans la jubilation. La population est encore surprise d'entendre gronder le canon. — On pouvait croire que ces détonations étaient causées par suite des troubles dont Paris était le théâtre, mais on sut bientôt que cette canonnade nous arrivait des Prussiens qui fêtaient l'anniversaire de la naissance de leur Empereur et roi (74 ans).

Il est passé ici aujourd'hui, isolément, toujours désarmés et sans ordre, plus de 1,000 de nos soldats de toutes armes se renant dans leurs foyers. La plupart de ces troupes internées en Suisse, où elles furent parfaitement accueillies par la population des divers cantons, faisaient partie de l'armée du général Bourbaki.

23. — Des hussards de la Mort et rouges, détachés hier au village de la Rochette, y ont fêté là leur roi jusqu'à ce qu'orgie s'en suive.

500 hussards de la mort, annoncés hier au soir, nous arrivent dans la matinée. Ils exigent le logement dans le quartier Saint-Ambroise, pour être, disent-ils, plus à portée du quartier de cavalerie et de leurs chevaux.

L'administration municipale annonce que ces troupes sont à peu près les dernières de passage ici.

24. — Une partie de ces troupes quitte ce matin notre cité et se dirige sur Paris qui conserve encore aujourd'hui sa même physionomie anarchique et révolutionnaire.

On remarque en ville, pour la première fois depuis longtemps, des gendarmes français en uniforme et armés.

Le nombre des troupes prussiennes, passées à Melun depuis l'invasion ne s'élève pas à moins de 150,000 hommes.

D'après les dires d'officiers allemands, les dernières de leurs troupes seraient passées ici avant-hier et nous ne devrions plus voir qu'un reste de leur matériel et quelques traînards de leurs équipages.

De nombreux soldats français licenciés, rejoignant leurs foyers sont rencontrés en ville où ils se croisent forcément avec les Prussiens.

Les nôtres comprennent bien la malheureuse position dans laquelle nous sommes, et sont assez sages pour ne provoquer aucunement nos ennemis. Les Prussiens restent également calmes et sans arrogance.

25. — On remarque avec raison l'abstention complète de notre population aux divers concerts donnés par les Allemands dans notre ville. Leur musique bruyante est sans doute charmante et agréable pour eux, mais pour nous c'est toujours une musique lugubre et sans attrait.

26. — Une des conditions du traité de paix est enfin mise à exécution, et c'est avec bonheur que nous voyons l'évacuation complète de notre garnison prussienne, rive droite, laquelle occupe malheureusement encore la rive gauche de la Seine.

La caserne de cavalerie, qui était occupée par eux depuis plus de six mois, est aujourd'hui libre et fermée. De nombreuses et urgentes réparations vont y être exécutées le plus tôt possible, de manière que nous puissions prochainement obtenir un bataillon d'infanterie française pour les besoins du service de sûreté de la Maison centrale de détention, service assez pénible que fait depuis le mois d'août dernier la garde nationale sédentaire.

On craint que la rive droite de notre ville, ainsi que le canton nord ne restent encore longtemps occupés par cette soldatesque incommode.

Pour la première fois depuis la guerre, je loge aujourd'hui des français (30e régiment de marche), armée de Bourbaki, solides garçons, renvoyés dans leurs foyers à Mezières-la-Bombardée.

27. — Si d'un côté, rive gauche, nous sommes débarrassés des Prussiens, la rive droite de la ville semble être moitié française, moitié bavaroise (environ 1,500 de ces derniers y sont logés chez l'habitant.)

11 heures. Arrivée de Versailles d'environ 200 artilleurs

du 6ᵉ régiment (français) ; leurs chevaux remplacent au quartier de cavalerie ceux des uhlans réguliers ou lanciers qui y piaffaient il y a deux jours. C'est un vrai changement à vue dans ce panorama militaire.

Je loge aujourd'hui deux de nos artilleurs qui ont été renfermés, et faisaient partie du triste siège de Paris. Ils me disent que les pièces de leurs batteries sont allées rejoindre celles de Sedan et Metz, et qu'ensuite de l'insurrection ils ont dû se rendre à Versailles, puis aujourd'hui dans l'Est, au dépôt de leur régiment, pour y être là réorganisés.

28. — Départ des nôtres par Fontainebleau qui a le bonheur d'être entièrement déprussionné depuis 4 jours.

On nous annonce un nouveau préfet, M. de Chambon, conseiller général de l'Aube.

La position critique de Paris ne s'améliorant pas, c'est toujours Versailles qui est le siège du gouvernement.

29. — Notre conseil municipal, en présence des déplorables événements qui se produisent à Paris, adhère aux mesures prises par le gouvernement de la République siégeant à Versailles et comme représentant seul l'autorité légitime du pays.

Environ 1,200 Bavarois sont logés aujourd'hui à la caserne d'infanterie. — Les officiers seuls sont installés chez l'habitant.

Le préfet prussien de Furstenstein est parti aujourd'hui ; mais les employés du télégraphe restent maîtres de la station.

30. — M. le marquis de Chambon, nommé préfet par M. Thiers, reçoit la visite officielle des fonctionnaires civils et militaires de la ville. Il fait une très-belle proclamation aux habitants.

31. — Par suite de perquisitions et d'enlèvements de dépêches au bureau central des postes, par les membres du comité de l'Hôtel-de-Ville de Paris, la gare de Melun devient tête de ligne pour le service des postes (voies ferrées de Lyon et du Bourbonnais). Ce service est, du reste, complétement libre aujourd'hui dans le département de Seine-et-Marne, bien qu'occupé aux trois quarts par les Allemands.

AVRIL.

1er. — A l'occasion d'un voyage à Paris, je remarque de nombreuses et formidables barricades élevées en partie depuis le 18 mars. La vieille cité semble être dans un état de torpeur et d'engourdissement. La circulation du public y est presque nulle et un calme glacial semble être le précurseur d'une tempête menaçante, inévitable. — Midi. Je rencontre sur la place de la Bastille un bataillon de gardes nationaux, parmi lesquels se trouvaient quelques soldats d'infanterie. Tous se dirigent, dit-on, sur Neuilly où une action pourrait bien s'engager avec les troupes de Versailles qui tenteraient de pénétrer dans Paris par la barrière de l'Etoile.

Une guerre civile est imminente.

2. — Vers l'après-midi, on apprend qu'un engagement a lieu aujourd'hui entre la garde nationale et les troupes versaillaises.

Rien n'est plus triste que ces collisions sanglantes entre Français : quel spectacle donnons-nous au monde entier et surtout en présence de l'ennemi envahissant encore notre sol.

Les journées et les nuits du 2 au 11 courant n'ont été que combats et bombardement entre les gardes nationaux parisiens, appelés aujourd'hui fédérés, et les troupes de l'armée de Versailles, sans résultats ni avantages marqués de part et d'autre.

Malgré les bruits de conciliation, rien ne fait encore prévoir l'issue de cette lutte fratricide.

Par suite de ces malheureuses affaires et par mesure d'ordre et de sûreté, un poste de gardes nationaux est établi depuis le 5 courant à la gare du chemin de fer à Melun.

Nous avons toujours des mouvements de troupes prussiennes sur la rive droite. Hier, la garnison a décampé; mais dès la veille il était arrivé 1,000 à 1,200 Bavarois pour les remplacer. C'est fort triste d'avoir encore des soldats à loger, et depuis trois semaines nous n'en avons jamais eu autant à Melun ; c'est vrai qu'on n'a plus à les nourrir mais c'est encore de trop de leur donner le logement et le feu alors qu'on se croyait tout-à-fait débarrassé. Ce sont les affaires de Paris qui nous valent cela.

On a aujourd'hui de bonnes nouvelles de Versailles, espérons que tout sera bientôt dans l'ordre. Et Dieu sait si nous en avons besoin.

12. — Arrivée à Melun, de Lyon, par le chemin de fer, d'environ 3.000 hommes, avec armes et bagages. Ces troupes campent sur le boulevard Chamblain et sont destinées à grossir les rangs de l'armée de Versailles. Tous ces soldats sont autant de débris du corps d'armée de Chanzy.

A huit heures, nos clairons sonnent la retraite et au même instant les tambours prussiens se font entendre sur la rive gauche.

13. — 5 heures 1/2 du matin. Départ pour Versailles de toute notre infanterie. La plupart des soldats paraissent très-jeunes : plusieurs d'entre eux sont encore revêtus de la capote de mobiles.

Midi. Arrivée d'environ 150 hommes d'infanterie ; ils vont prendre place au quartier de cavalerie dont la porte principale est aujourd'hui gardée par un factionnaire français. Ces troupes doivent également se diriger demain sur Seine-et-Oise.

4 heures. Une dépêche du gouvernement de Versailles rassure autant que possible la population au sujet des douloureuses affaires de Paris.

Aujourd'hui, les dames seules, et avec laissez-passer, peuvent quitter la capitale. Aussi n'est-il pas rare de ne voir arriver à Melun, à chaque train, qu'une ou deux dames venant de Paris, à l'exclusion expresse des hommes.

14. — Des passeports sont indispensables à chaque personne pour circuler d'une ville à l'autre.

Midi. Entrée en ville d'environ 300 fantassins français venant du chemin de fer de Lyon. Le quartier de cavalerie leur est assigné pour la nuit.

Toujours pour éviter des collisions, deux factionnaires français sont placés cette fois à l'entrée sud du pont aux Fruits.

Deux immuables Bavarois sont postés sur le bout nord.
Cela rappelle notre ancien pont de Kelh.

15. — La position générale est toujours inquiétante.
Le canon est constamment entendu sur Paris : c'est aujourd'hui le 14e jour de combats, sans interruption.

23. — Toujours même état de choses.
La lutte entre les Parisiens et les Versaillais est aussi acharnée.

C'est enfin la continuation d'une affreuse guerre civile qui désole le pays depuis le 2 de ce mois, et cela en face de l'ennemi qui est là, chez nous, impassible, résolu et froid en attendant ses milliards.

MAI.

3. — Départ des deux télégraphistes Prussiens : ils étaient ici depuis le 20 novembre.
Nous n'avons plus qu'un batsillon de Bavarois (environ 800 hommes), logés en grande partie à la caserne, et les officiers encore chez l'habitant. Ils sont assez tranquilles, bien qu'ils nous aient mis en état de siège depuis les affaires de Paris.

13. — La paix définitive a été signée hier à Francfort entre Bismark, Jules Favre et Pouyer-Quertier. Les 500 millions vont être bientôt versés et l'évacuation de nos pays s'en suivra. A moins que les événements de Paris, qui ne sont pas encore terminés, ne retiennent plus longtemps nos ennemis.

16. — C'est en effet ce qui vient d'arriver : il passe aujourd'hui à Melun 3,000 soldats d'infanterie prussienne (51e régiment), venant de Machault et se dirigeant sur Paris, renforcer les troupes allemandes de Charenton, etc., pour le cas, disent-ils, où les troupes de Versailles viendraient à être battues par l'armée de la révolution.

17. — Ces 3,000 hommes sont partis sur Paris et sont remplacés par 3,000 autres soldats du 62e régiment d'infanterie (Silésie). Ces Prussiens s'installent chez l'habitant ; ils

n'ont pas voulu loger à la caserne malgré tous les efforts de la municipalité.

24. — Départ des pompiers de Melun, pour combattre les nombreux incendies qui dévorent les principaux monuments de Paris.

Ce n'est que le 25, au matin, que cette compagnie obtint du maréchal Mac-Mahon l'autorisation de pénétrer dans la capitale et cela au moment où un combat d'artillerie et une fusillade étaient encore engagés entre les troupes et les défenseurs de la Commune.

28. — Jour de la Pentecôte, après 56 jours de combats, l'insurrection est enfin vaincue par l'armée.

Les fédérés sont impitoyablement repoussés hors des formidables brasiers que leurs mains criminelles avaient allumés.

Malheureusement ce résultat fut acheté au prix des plus douloureux sacrifices. Le sang de nos soldats n'a que trop coulé, et un grand nombre d'innocents ont été frappés dans les péripéties de cette lutte.

La France et la civilisation flétriront énergiquement les auteurs des sinistres épouvantables qui ont marqué les derniers jours de la Commune ; ainsi, après avoir réussi à abattre la colonne Vendôme, trophée de nos pères, les communeux ont, au moyen de pétrole, incendié l'Hôtel-de-Ville, le palais des Tuileries, le ministère des Finances, une partie du Palais-Royal, la Préfecture de police, le Palais-de-Justice, le grenier d'abondance, le théâtre de la Porte-Saint-Martin, le Lyrique, les docks de La Villette et grand nombre de maisons et quartiers qui n'existent plus aujourd'hui qu'à l'état de débris informes, de ruines et décombres.

31. — 750 ou 800 hommes de notre infanterie (44e de ligne), viennent enfin prendre garnison à Melun, où ils sont forcément casernés au quartier de cavalerie.

Environ 2,000 allemands occupent la rive droite.

Quatre factionnaires, français et prussiens, gardent toujours les extrémités du pont de pierre.

6 heures du soir. Le service de la garde nationale sédentaire à la Maison centrale est enfin relevé par l'armée française
que nous avions perdue de vue depuis le mois d'août 1870.

JUIN.

27. — Pour faire face aux exigences allemandes, un em-
prunt, sans précédent, de *deux milliards*, est ouvert et presque doublé dans cette seule journée.

AOÛT.

1er. — Toujours même envahissement dans notre cité.

On nous fait pourtant espérer que les Prussiens nous débar-
rasseront très-prochainement.

SEPTEMBRE.

9. — Enfin, après 360 jours d'occupation, départ de Melun des derniers Bavarois, Dieu merci ! et commencement de
l'évacuation définitive du département de Seine-et-Marne.

De ce qui précède il s'en suit que :

Nous avons été surpris par un ennemi qui nous cachait sa
force ;

Nous avons été trompés par des gouvernants qui s'exagé-
raient la leur.

Tout le reste est la conséquence de cette surprise et de cette
erreur.

Mais comment cette surprise a-t-elle pu réussir, puisqu'avec
une police qui connaissait la pensée de presque tous les Français, il nous était si aisé de connaître les préparatifs militaires
des Allemands ; comment cette erreur fut-elle commise puisqu'elle eut pour auteurs des hommes si intéressés à l éviter.

Enfin toutes ces causes resteront le problème de notre présent, la stupéfaction de l'avenir et une date ineffaçable dans
l'histoire.

Résumé officiel des pertes subies, en hommes, par la France, pendant cette guerre.

89,000 hommes ont été tués ou sont morts de leurs blessures, savoir :

A Forbach, Reischoffen, Borny, Gravelotte, Saint-Privas, et dans les engagements qui ont eu lieu autour de Metz pendant les mois de septembre et octobre 1870........... 26.000

Autour de Sedan........................ 10.000

Armée de la Loire, corps de Chanzy et d'Aurelles de Paladines................................ 22.000

Bourbaki................................ 7.000

Faidherbe............................... 3.500

Garibaldi.............................. 1.600

Les siéges de Strasbourg, Belfort, Phalsbourg, etc. 2.000

Le siége de Paris........................ 17.000

Ensemble......... 89.100

Nous avons perdu deux provinces, l'Alsace et la Lorraine.

Nous avons perdu notre influence politique et beaucoup de notre prestige militaire.

Plusieurs de nos provinces sont encore occupées et indignement foulées, tyrannisées par l'étranger.

Et les impôts de toutes sortes sont aujourd'hui multipliés et aggravés par suite de cette malheureuse guerre.

Revue rétrospective de l'état financier de la France, de 1830 à 1871.

———

Sous Charles X, la dette publique (dette flottante comprise) ne dépassait pas le chiffre de 4 milliards 320,000,000, ci.................... 4.320.000.000

Sous Louis-Philippe, elle s'augmente de 620 millions seulement, ci............ 620.000.000

La République de 1848 la grève, presque tout d'un coup, de 1500 millions, ci.. 1.500.000.000

L'Empire l'accroît de 4 milliards, ci.... 4.000.000.000

La guerre de 1870-71 nous impose aux Allemands la somme énorme de 5 milliards............................ 5.000.000.000

Sans compter les dépenses de nos armées et les réquisitions prussiennes, que l'on peut, sans crainte d'exagération, évaluer a 2 milliards, ci................ 2.000.000.000

En tout, quelque chose comme 17 milliards, ci......................... 17.000.000.000

AFFAIRE DU CHATELET-EN-BRIE

(29 septembre 1870).

———

« Après Sedan et malgré quelques défaillances, la volonté
« de résister aux réquisitions de l'envahisseur avait triomphé
« au Châtelet et aux environs. La défense s'organisait et le
« 29 septembre le maire était à Nemours, demandant le con-
« cours du préfet.

« Ce jour même. on annonce de Sivry l'approche d'une
« vingtaine de cavaliers ennemis. La population crie : aux
« armes ! le tocsin sonne.

« M. Chapelot père, capitaine de la garde nationale, aper-
« cevant un gros détachement de cavalerie, cherche à s'oppo-
« ser à une action prématurée.

« Cependant quelques hommes armés partent isolément et
« se dirigent vers le bois de la Haye, qui longe la route de
« Paris à Lyon, entre Sivry et le Châtelet.

« Force fut bientôt de délivrer fusils et cartouches qui étaient
« cachés. M. Chapelot se vit même obligé de charger les
« armes, tant était grande l'inexpérience des gardes natio-
« naux.

« La fusillade ne tarde pas à s'engager; un Prussien est
« tué, un autre blessé. Je crains que les pertes de l'ennemi
« n'aient pas été plus importantes. Un détachement pénètre à
« pied dans le bois et trois habitants tombent percés chacun
« de deux balles. La lutte est terminée.

« Nous avions affaire à tout le 5e régiment de hussards
« (hussards de Blücher, uniforme rouge, colonel prince de
« Lynar). Et il n'y avait pas encore plus de 40 gardes natio-
« naux au bois de la Haye.

« Plusieurs colonnes se dirigent sur le Châtelet et l'ont
« bientôt cerné. Un grand nombre d'hommes à pied y entrent
« par toutes les rues à la fois en poussant des hurrahs; ils
« brisent les fenêtres, enfoncent les portes, frappent jeunes et
« vieux, tirent même sur une femme âgée et font des prison-
« niers.

« M. Chapelot cherche en vain un officier avec qui parle-
« menter, afin d'arrêter les sauvages dans leur œuvre de ter-
« reur et de destruction. Il est obligé de s'échapper dans des
« jardins où il est aperçu ; mais les balles sifflent sans l'at-
« teindre.

« Quant à moi, je me réfugie dans une maison voisine de
« notre habitation et je suis aussitôt arrêté. Conduit au colo-
« nel qui faisait préparer avec un grand luxe de précautions
« l'incendie chez celui qu'il croyait *le chef des francs-*
« *tireurs :*

« — Vous êtes l'adjoint au maire ? me dit-il.

« — Non.

« — Comment vous appelez-vous ?

« — Chapelot.

« — (*Me menaçant du doigt.*) Si, vous êtes l'adjoint au
« maire.

« (*Puis me caressant le menton de sa main.*) Vous n'avez
« pas quelques heures à vivre, monsieur.

« Mes protestations n'eurent pour réponse que le guttural
« Taisez!... que chacun sait. Et, la corde au cou, je fus con-
« duit auprès des autres prisonniers réunis au bord de la route
« de Sivry.

« Il ne me fut pas difficile de voir derrière les paroles et le
« ton du colonel la lâche délation (payée quelques francs, je
« l'ai su plus tard) d'un de ces misérables trop nombreux dans
« notre pauvre France.

« Nous étions une quarantaine ; on dut faire un choix pour
« l'exécution. Naturellement, je me trouvai parmi les élus, et
« aussi le curé, accusé d'avoir fait sonner le tocsin et à qui le
« colonel avait dit :

« Vous serez fusillé dans un quart-d'heure (1).

« Les deux mains liées derrière le dos, chaque bras attaché
« à celui d'un voisin d'infortune, je crus que ma dernière heure
« avait commencé à sonner. Me défendre, c'était mettre en
« danger mon père que j'espérais sauvé. Il ne me restait qu'à
« plaindre ceux qui, comme moi, allaient mourir. Et ces deux
« pensées me rendaient fort en face des carabines prus-
« siennes.

« Un peloton prend position devant nous ; les armes sont
« chargées ; nous sommes mis en joue ; il ne manque plus aux
« premiers commandements que le commandement su-
« prême.....

« Il ne sera pas prononcé. Ce n'était qu'une cruelle comédie,
« destinée à nous faire peur.

« Pendant cette terrible scène, le feu consumait le mobilier

---

(1) Voir à la fin de ce récit la liste des prisonniers.

« de mon père et mes effets personnels, et, sans de prompts
« secours, le sinistre eut été considérable.

« La nuit approche ; la colonne se met en marche. Il nous
« faut aller vite, nous entretenant et tirés en tous sens ; sinon
« le sabre fait son office et un vieillard de 70 ans en reçoit
« plus de 50 coups qui lui enfoncent deux côtes.

« Nous sommes installés près de Sivry, au milieu du bi-
« vouac, nos liens un peu desserrés, debout, autour d'un grand
« feu. Une lettre qui pouvait me compromettre est détruite.
« Des habitants nous font passer un peu de pain et un peu de
« vin. La longue et froide nuit se passe sans autre incident
« que celui-ci :

« Le curé est appelé devant le colonel qui, après interroga-
« toire, le contraint à boire « à la paix ! » un verre de cham-
« pagne et le rend à la liberté.

« Le lendemain matin, la prise de possession que fit de nous
« notre escorte à la porte du cimetière de Sivry, ne fut pas
« faite pour nous rassurer. Le départ s'effectua vers 6 heures :
« le gros de la colonne en tête, bien éclairée en avant et sur
« les flancs ; les prisonniers ensuite, toujours garrottés ; puis
« une voiture transportant le cadavre du Prussien tué et une
« autre pour le blessé ; derrière, 28 vaches et 500 moutons,
« fruit des réquisitions ; enfin, l'arrière-garde. On prit à tra-
« vers champs, pour passer près de Moisenay et par Saint-
« Germain-Laxis, Réau, Moissy-Cramayel et la gare de Lieu-
« saint jusqu'à Corbeil. Là, ce furent d'abord les exclamations
« de pitié des habitants, puis les exclamations de haine et de
« colère de la soldatesque qui occupait la ville. Après une
« courte halte, nous atteignîmes assez tard Juvisy et la Cour-
« de-France. Nous avions marché 12 heures par le soleil et la
« poussière.

« Près de Ris, nous avions rencontré un convoi de soldats
« français faits prisonniers le matin à l'affaire de Choisy-le-
« Roi. Je m'étais découvert à leur passage. Aucun ne m'avait
« compris, pas même les officiers ; et, le cœur gros, j'en étais
« resté pour mon salut, que je ne regrette pas.

« A la Cour-de-France, nous sommes rangés devant une
« maison qui sert de corps-de-garde ; des hussards rouges en
« sortent ; un officier fait placer un de ces hommes en face de
« chacun de nous ; on va nous passer par les armes à bout
« portant.

« Oh ! alors, sentant la vie nous échapper, nous échangeons
« avec effusion de longs baisers d'adieu dans une étreinte fra-
« ternelle !

« Je doute que cette scène touchante ait ému les Prussiens.
« Toutefois, on mit fin à ce nouveau simulacre et, au milieu
« des plus sinistres plaisanteries, on nous fit monter au pre-
« mier étage du corps-de-garde. Après avoir dévoré un peu de
« mauvais pain, ayant pour matelas de la paille de blé non
« battu, notre extrême fatigue nous força à prendre un repos
« bien agité. La nuit était arrivée. Dans cette nuit, que de
« rêves lugubres, que d'incidents tristes ou burlesques !

« Le lendemain matin, le colonel vint procéder à notre in-
« terrogatoire. Appelé le premier, j'expliquai, non sans peine,
« à mon juge d'instruction, que j'étais l'objet d'une erreur et
« que mon père lui-même n'aurait pas été de bonne prise. Au
« lieu de me déconcerter, je troublai la conviction du colonel
« et j'appuyai mon argumentation d'une lettre (heureusement
« conservée, celle-là) dont l'adresse sembla produire le meil-
« leur effet. Quant aux évènements du 29, il ne put, à ce su-
« jet, rien obtenir de moi, malgré ses menaces. Il réussit mieux
« auprès de quelques-uns de mes compagnons, notamment du
« plus jeune ; mais glissons là-dessus.

« Gardé quelque temps dans une maison voisine par des
« soldats polonais, je pris plaisir aux manifestations de leur
« sympathie pour la France. L'un d'eux me montra avec émo-
« tion la pièce de son mariage.

« Bientôt, nous fûmes escortés par nos hussards jusqu'à
« Epinay-sur-Orge, quartier du général de division de cavale-
« rie Appony.

« Le général étant à Longjumeau, un colonel de hussards
« verts nous entasse dans la cave d'un corps-de-garde. Dans
« cet affreux cachot, se trouvent déjà trois hommes des envi-
« rons de Corbeil et de Milly qu'on a fait assister la veille à
« l'exécution d'un franc-tireur blessé. Nous avons deux fois
« par jour un peu d'eau à boire ; le pain ne vient que quand
« l'eau a disparu, et quel pain ! notre litière sent mauvais ;
« avec le mur pour oreiller et les jambes dans celles du voi-
« sin, le sommeil ne peut être que bien léger. Mais, par com-
« pensation, c'est un cuirassier blanc qui monte la garde à
« notre porte ; nous ne prétendions pas à cet honneur.

« Et, au milieu de tant de misère, se glissaient parfois
« quelques rayons de franche gaité !

« Le matin du 3 octobre, c'est une joie profonde qui règne
« dans la sombre prison ; nous avons tous la vie sauve et la
« liberté va nous être rendue ! la porte s'ouvre ; nous respirons
« à pleins poumons.

« Mais le général a décidé de punir ceux qui *ont menti* dans

« l'interrogatoire. Dans le jardin voisin, étaient préparés un
« banc de bois et un paquet de baguettes. Pendant que deux
« robustes soldats essayent la flexibilité de ces baguettes, on
« nous divise en deux catégories : les uns, dit la sentence,
« *recevront des coups de bâton;* les autres assisteront au
« supplice de leurs camarades : *la schlague !* voilà le dénoû-
« ment du drame !

« MM. Mainguet, Simonot, Goyard, Chapart, le Belge et
« moi, nous sommes successivement étendus sur le banc, à
« plat ventre, les mains et les jambes vigoureusement tenues ;
« et les deux bourreaux, comme deux batteurs en grange,
« nous frappent à tours de bras. J'ai reçu 16 coups pour ma
« part ; je ne connais pas de plus atroce douleur.

« Maintenant, vous êtes content et vous pouvez nous laisser
« partir, colonel des hussards verts, qui d'une fenêtre, assis-
« tez souriant à cet amusant spectacle. Vous croyez nous avoir
« humiliés, n'est-ce pas ? Vous nous avez fait mal ; voilà tout.
« Et nos cris de douleur et de rage ont proclamé votre honte,
« honnête et douce Allemagne !

« Et à mon passage, un lancier mettant la main sur son
« cœur et jetant un regard compatissant sur le lieu du sup-
« plice, laissait tomber une grosse larme. Elle me vengeait,
« cette larme, du sourire du colonel !

« Nous traînant péniblement, nous arrivons, encore sous
« escorte, à Corbeil : là, seulement, nous sommes libres,
« enfin.

« On m'apprend que M. Voisin, procureur de la République
« à Melun, a fait d'actives démarches en notre faveur. Il ne se
« doutait pas alors qu'il serait bientôt enfermé dans une for-
« teresse allemande. La reconnaissance de ses concitoyens lui
« en ouvrira les portes, et Seine-et-Marne y aura gagné un de
« ses représentants les plus distingués.

« A la conclusion de la paix, le dernier régiment prussien
« qui passait à Melun, sur la rive droite de la Seine, se trouvait
« être le 5e de hussards — Devenu sous-lieutenant à l'armée
« de la Loire, et alors, blessé, en convalescence dans cette
« ville, je me trouvai en face du colonel de Lynar, qui me
« reconnut.

« Je répondis d'un œil fier à son regard devenu aimable.

« Avec la satisfaction du devoir accompli, ce fut ma ven-
« geance. »

LISTE DES PRISONNIERS.

MM. Pichelin, curé ;

Chapelot fils, clerc de notaire à Melun ;

Pellet, géomètre ;

Brung, receveur des contributions indirectes ;

Guille, artiste peintre ;

Cassagne, clerc de notaire au Châtelet ;

Goyard, vigneron ;

Mainguet, jardinier ;

Bougras (Jules), manouvrier ;

Simonot (Jean-Louis), vigneron ;

Charpentier jeune ;

Chapart, étranger au pays ;

Un Belge, domestique de ferme, qui nous a rendu des services par suite de sa connaissance de la langue allemande ;

Leloutre, marchand boucher ;

Bouyer (Jean-Marie), vigneron.

Ces deux derniers sont morts depuis ; les blessures qu'ils ont reçues le 29 ont certainement hâté leur fin.

Les habitants tués sont :

MM. Mallet (Pierre-Ambroise) ;

Pertus aîné,

Et Courrier (Jean-Louis).

QUELQUES INDICATIONS.

—

Melun. — Typ. A. Hérisé.

www.ingramcontent.com/pod-product-compliance
Lightning Source LLC
Chambersburg PA
CBHW060822250626
47162CB00005B/1905